ユーリィ＝レイク
Yurie=Lake
ナナオ＝ヒビヤ
Nanao=Hibiya

ピート＝レストン
Pete=Reston
カティ＝アールト
Katie=Aalto
ガイ＝グリーンウッド
Gai=Greenwood

「ははっ、ありがとよ、
僕が参加してる初日に顔見せてくれて」
ティム＝リントン
Tim=Lynton

「お、慰霊演奏の時間だね。リクエストを出してもいいかな？」
サイラス＝リヴァーモア
Cyrus=Livermore
？・？・？

「勝手にしろ。
曲を選ぶのも億劫だ」

目次

CONTENTS

第一章　奪還作戦（プランニング）——— p017

第二章　死霊の王国（キングダム）——— p047

第三章　少年と棺（ボーイアンドコフィン）——— p103

第四章　司祭の務め（リヴァーモア）——— p161

Seven Swords Dominate

Presented by Bokuto Uno

Cover Design: Afterglow

七つの魔剣が支配する VIII

Seven Swords Dominate

宇野朴人
Bokuto Uno

illustration
ミユキルリア

Character 登場人物

三年生

オリバー＝ホーン

本編の主人公。器用貧乏な少年。
七人の教師に母を殺され、復讐を誓っている。

ナナオ＝ヒビヤ

東方(エイジア)からやって来たサムライ少女。
オリバーを剣の道における宿命の相手と見定めた。

カティ＝アールト

連盟の一国、湖水国(ファーンランド)出身の少女。
亜人種の人権問題に関心を寄せている。

ガイ＝グリーンウッド

魔法農家出身の少年。率直で人懐っこい。魔法植物の扱いを得意とする。

ピート＝レストン

非魔法家庭出身の勤勉な少年。
性が反転する特異体質。

ミシェーラ＝マクファーレン

名家マクファーレンの長女。
文武に秀で、仲間への面倒見がいい。

トゥリオ＝ロッシ

飄々とした少年。
セオリーを無視した難剣の使い手。
オリバーとの決闘に敗れた。

ユーリィ＝レイク

転校生を名乗る少年。
常識に欠けるが好奇心が強く、誰にでもフレンドリーに接する。

- フェイ＝ウィロック
- ジョセフ＝オルブライト
- ステイシー＝コーンウォリス

三年生

長い前髪が特徴的な少女。「自信はございませんが」という口癖とは裏腹に、魔法剣の実力は学年でも上位に入る。

ジャスミン＝エイムズ

何かと派手な言動をする奇術師めいた少年。魔法と詐術を巧妙に組み合わせての幻惑を得意とする。

ロゼ＝ミストラル

名家出身の誇り高い少年。オリバーとナナオの実力を認め、好敵手として強く意識している。

リチャード＝アンドリューズ

六年生

小柄で可愛らしい外見とは裏腹に、短気かつ好戦的な性格。「毒殺魔」の異名で恐れられている。

ティム＝リントン

七年生

学生統括。
他の生徒から「煉獄」と称される魔法使い。
桁違いの火力を誇る。

アルヴィン＝ゴッドフレイ

生徒会のお目付け役としてキンバリー全体を引き締めている。自分にも他人にも厳しいストイックな人物。

レセディ＝イングウェ

死者の骨を使い魔として使役する死霊使い。ゴッドフレイを不意打ちし、骨を奪った。

サイラス＝リヴァーモア

前生徒会陣営のボス。
かつて学生統括の座を巡りゴッドフレイと争った際、顔の右半分を焼かれ、今も治さずにいる。

レオンシオ＝エチェバルリア

教師

キンバリー学校長。魔法界の頂点に君臨する孤高の魔女。

エスメラルダ

魔法生物学の教師。傍若無人な人柄から生徒に恐れられる。

バネッサ＝オールディス

大怪我前提の理不尽な課題ばかり出す、魔道工学の教師。

エンリコ＝フォルギエーリ　死亡

シェラの父親で、ナナオをキンバリーへと迎え入れた。

セオドール＝マクファーレン

- デメトリオ＝アリステイディス
- フランシス＝ギルクリスト
- ルーサー＝ガーランド
- ダスティン＝ヘッジズ
- ダリウス＝グレンヴィル　死亡

遡ること六年前の春。それは、ある年の入学式でのこと。

「――ほう。これが噂(うわさ)のジャック翁(おう)か」

校舎へ向かう新入生たちの行列で賑(にぎ)わう満開街道(フラワーロード)。その途中で足を止めて、ひとりの男子生徒が街道の目玉である桜の古木を見上げていた。背後には入学前から付き合いのある取り巻きの生徒たちがずらりと控えており、本人の尊大な口調と合わせて、彼が名のある家の出であることを窺(うかが)わせる。

「僕の入学を祝うのに満開でなければ、蹴りのひとつもくれてやろうと思っていたが――」

「お眼鏡に適(かな)いましたか」

「ああ、辛(かろ)うじて鑑賞に堪える。靴を汚さずに済んだようだ」

取り巻きの問いに満足げな頷(うなず)きで返して、生徒はそのままじっとジャック翁(おう)を眺め続ける。

が、そんな彼の耳に、横合いから苛立(いらだ)たしげな声が飛んできた。

「おい、そこで立ち止まんな。邪魔だろうが」

「後ろつっかえてんのよ。見えてないの？」

行列の後方に続く生徒たちから文句が付く。それも当然のことで、彼らが今いるのは校舎へ向かう新入生全員が通る一本道だ。歩きながら花々を眺める程度ならともかく、足を止めて見入ってしまっては通行に支障が出る。大勢の取り巻きを連れていれば尚更だ。

が、睨んでくる新入生たちを横目で鬱陶しげに見やり、問題の男子生徒は平然と鼻を鳴らす。

「お前たちこそ見えていないのか？　道なら開けている。通ればいい」

そう言って視線で示したのは、彼とその取り巻きたちの後方、辛うじて人ひとりが通れる程度に残ったちっぽけな空間だった。言われた生徒たちの額に青筋が浮かぶ。

「……まさかとは思うけど。その隙間のこと？　道って」

「一列に並んで通れってか。後ろの全員、わざわざお前らのために肩縮めて」

後続の新入生たちの表情が剣呑さを増す。そんな彼らの道を阻みながら、敵意を向けられた当の男子生徒はきょとんと首をかしげ、

「弱者はそうして過ごすものだが……まさか、今日まで知らなかったのか？」

そう言ってのけた。自らの行いを顧みるどころか、むしろ相手の無知を馬鹿にするように。

それが決定打となり、対話の無意味を悟った生徒たちが各々の白杖に手をかける。

「……校門潜る前に喧嘩売られるとはね」

「鼻ァへし折って手土産にするか」

彼らもまたキンバリーの新入生、同学年からの侮りを捨て置けるはずもない。男子生徒の取り巻きの生徒たちも一斉に身構え、場が一触即発の空気となった――まさにその時。

「……うぉッ⁉」「ひッ——！」「なっ……！」

ふいに行列の後方から悲鳴が上がった。怪訝に思った生徒たちが向けた視線の先に、人の波を真っ二つに割りながら進んでくる「何か」の姿があった。驚いて飛び退く生徒たちの頭上に半分だけ飛び出して見えるそれは、一見して黒い縦長の箱のようであり、

「「「……っ……⁉」」」

行列を抜けてきた下半分が露わになった時、そこに現れたのは、身の丈の倍近い棺桶を背負ったひとりの少年だった。一歩進むたびに靴底がズシリと地面を揺らし、呼吸は激しくも決して乱れず、ふたつの瞳は道沿いで咲き誇る花々になど目もくれず前だけを見据えている。その歩みはやがて、ジャック翁の前で角突き合う生徒たちのもとへと差し掛かり、

「——どけ」

短く声が響いた瞬間、全員が一斉に左右へ道を空けた。道を塞いでいた少年も、その取り巻きも、彼らと敵意をぶつけ合っていた生徒たちも。魔法使いとしての本能が等しく告げていたからだ——争ってはいけない相手だと。

そうして争いの渦中を堂々と通り過ぎた後も、周りの新入生たちから大きく距離を置かれながら、少年は一歩ずつ歩みを進めていく。と——その背中に負った棺から、ふいに声が響いた。この世で唯一、彼だけに聞こえる少女の声が。

「そろそろ校舎かな。サイラス、ちゃんと他の新入生に挨拶した？　第一印象は大事だよ？」

「ああ。存外に素直な肉どもだ」

「こら、他人を肉って呼ぶのやめなさい！　前から言ってるでしょ、そんなんじゃ友達出来ないんだからね！」

説教を聞き流しながら校門を潜ったところで、目の前に城塞じみた建物が聳え立つ。これから彼が通うことになる学び舎。壮麗さと陰鬱さを併せ持つその威容に、少年は自らの生家に勝るとも劣らない死臭を嗅ぎ取り——その印象のまま、ぼそりと独り言ちる。

「……まるで墳墓だな」

そう口にしながら、自然と口元に笑みが浮かんでいた。一目で確信できたからだ。ここは自分の探求に相応しい場所だと。

「悪くない。肉も骨も、随分と漁り甲斐がありそうだ——」

第一章

奪還作戦（プランニング）

「――ほォン。派手にやられたな、こりゃ」

「……ッ……！」

キンバリー校舎一階の医務室。校医ヒセラ＝ゾンネフェルトの領地であるこの場所で、今はひとりの男が苦悶の表情で手術台に横たえられていた。学生統括アルヴィン＝ゴッドフレイである。

「油断したなァゴッドフレイ。よっぽど無防備なトコ突かれなきゃこうはなンないだろォ」

「……返す言葉、も……」

彼が切れ切れの声で返答する間も、ゾンネフェルト校医は無造作な手つきで切開した胸の中を探っている。その様子はしばしば安食堂の厨房の光景に喩えられ、彼女の患者はまな板に載せられた生肉の気分を味わうのが常だ。キンバリー生は平均的に治癒魔法の習得が早いことで知られるが、その理由のひとつに「医務室に行きたくないから」があると言われる。

「肉切られんのはまぁいい。骨捥がれんのも大したこたァねェさ。が――霊体はオメェ、キッチリ守らねェとよォ。**変じ象れ**」

血まみれの左手を傷口から抜き取ると、彼女は呪文を唱えつつ右手の杖剣を手元の白い石塊へと向ける。魔法を受けたそれが見る間に形を変えていき、ほどなく一本の骨の形に成形された。ゴッドフレイの体内から失われた胸骨と寸分違わず同じ形状である。

「ひとまず義骨嵌めンぞ。——オメェは常連だ。分かってンな？」

覚悟を促す言葉に男がぐっと奥歯を噛みしめる。——新入生の頃から、ゴッドフレイが医務室の世話になったのは一度や二度ではない。よって校医の流儀はひと通り弁えている。例えば——彼女が滅多に麻酔を使わないことも。

「……いつでも、どうぞ……」

全てを承知の上でゴッドフレイは返答した。ゾンネフェルト校医が口元をつり上げ、左手で義骨をがっしりと摑み取る。

「いい返事だ。叫んでもいいが——舌ァ噛むなよ！」

そのまま振り下ろすようにして傷口に手を突っ込み、骨が失われた部分にガチリと義骨を嵌め込む。文字通りに骨の芯から衝撃が突き抜け、喉から迸ろうとする絶叫の全てをゴッドフレイは噛み殺した。

処置を終えたゾンネフェルト校医が窓辺で紫煙をくゆらせていると、ノックの音を経て医務室に数人の生徒が入ってきた。先頭のひとりは生徒会の古参であるレセディ＝イングウェだ。

「――ゴッドフレイの容体はどうですか。ゾンネフェルト校医」

問われても向き直ることはしないまま、校医は窓の外へ向かって大きく煙を吐き出す。そうして煙の中から淡々と答えた。

「……抜かれた骨は代わりを作って嵌めといた。霊体傷のほうは簡単にゃ塞がンねェな。デカい欠損じゃねェから治らねェってことはねェが、完治にはざっと二か月ってトコかね」

返答を聞いたレセディたちの表情が険しくなる。完治まで二か月――選挙を間近に控えたこの時勢にあって、その時間は余りにも長い。まして今は決闘リーグの真っ最中なのだ。

「霊体が損なわれてる間はどうやっても魔力運用に支障が出る。あいつなら数日ありゃ動ける程度にはなるだろォが、まァ戦力はガタ落ちだ。カハハハッ、大変だなァオメェら」

「すぐに治す方法は？」

挑発じみた言葉は聞き流し、レセディが端的に尋ねた。途端に校医がぐるりと窓辺で振り向き、左手の指に挟んだ煙草の先端を目の前の生徒へ突き付ける。

「分かり切ってんだろオメェ。――取られた骨持ってこい。霊体もそこにへばりついてンだからよ。そうすりゃ五分で元通りにしてやらァ」

その断言に、レセディはこくりと頷いた。校医の処置に優しさは皆無だが、その一方で、彼女は患者の状態について語る時に一切の誇張をしない。治るものは治ると、治らぬものは治らぬと、死ぬものは死ぬと言う。故に――骨を持ってくれれば五分で治すと彼女が言うのなら、それは疑う余地のない事実なのだ。

「分かりました。近日中に必ず」

きっぱりと返答して身をひるがえし、レセディは生徒会の仲間たちと共に医務室を後にする。そうして早足に廊下を歩きながら、彼女は告げた。

「――緊急招集だ」

「……なんか……すごいことになっちゃったね……」

観戦を終えた生徒たちのざわめきで満ちる談話室の中、その原因となった光景を思い出してカティが呟く。同じテーブルを囲むガイが腕を組んで唸った。

「予選の後すぐ医務室に運ばれたそうじゃねぇか。大丈夫なのかよ、ゴッドフレイ統括」

「……分からない。が、少なくとも軽い怪我ではないだろう」

「完治まで長引くとすれば、決闘リーグだけでなく選挙にも大きく影響してきます。杞憂であれば良いのですが……」

静かに言って紅茶を口に運ぶシェラ。深刻な面持ちで黙り込む六人へ、ふいに足元から声がかかる。

「えっと、深刻なところ悪いんだけど――オリバーくん、ナナオちゃん」

「なんだ、レイク」「どうされたユーリィ殿」

「なんでぼく、さっきからずっと組み伏せられてるの？」

オリバーとナナオに左右から体を取り押さえられた状態でユーリィが声を上げる。うつぶせの彼の肩を両腕でがっちりと固めながら、その質問にオリバーが答えた。

「放すと君が迷宮へ飛び込んでいきそうだからだ。……少し待て。校舎でリヴァーモア先輩と会うプランは破綻したが、今次の手を考えているところだ」

「うん、待つ。ちゃんと待つから、そろそろ放してくれると嬉しいなぁ。さっきから床がもう硬くて冷たくて」

「あ、ユーリィ殿。あまり動くと肩が外れ申すぞ」

「ナナオちゃん、強い。極めが強い。ほら、今関節がメキッて」

下からの抗議を聞き流しつつオリバーは考える。――今はとにかく上級生たちの対応待ちだ。ゴッドフレイ統括に対する不意打ちは予想外だったが、その暴挙によってサイラス＝リヴァーモアは生徒会を敵に回した。上級生たちから何らかのアクションは確実に起こる。最低でもそれまではユーリィを抑えておかなければ。

果たして、それから数分と経たずに彼の予想は当たった。窓から談話室へ飛び込んできた小鳥の使い魔たちが天井を飛び交い、室内の生徒たちの一部に次々と手紙を落としていく。やがてオリバーたちの頭上にもそれはやって来た。

「お――」「なんだ？」

六人それぞれが落ちてきた手紙を受け取り、床に組み伏せられたユーリィの頭にもふわりと便箋が載る。オリバーが視線を周りに向けると、やや離れたテーブルでステイシーとフェイも同じものを受け取っていた。封を切って中身を検めたシェラが眉根を寄せる。

「生徒会からの出頭要請ですわ。……けれど、三年生のあたくしたちに？」

「……とにかく行ってみよう」

「然らば、ユーリィ殿は拙者が担いで」

「歩く！　ぼくも一緒に歩いて行くから！」

メッセージで指定された教室をオリバーたちが訪れると、そこにはすでに多くの先客の姿があった。席を埋める顔ぶれをざっと見渡した彼とシェラが、すぐさまそこに法則性を見出す。

「……決闘リーグの本戦出場者、か？」

「その面々が中心のようですわね。リックのチームが見当たらないので、全くイコールではないようですが……」

「おー。やっぱお前らも呼ばれたか、ホーン隊」

様子を窺いながら教室へ入っていく彼らに、ふと部屋の一角から声がかかった。きっちりと制服を着込んだ生真面目そうな男子生徒の姿にオリバーは一瞬戸惑うが、鼻の高い顔立ちに目を向けたところで、やっと相手が誰であるかを認識する。

「……Mr.（ミスター）ミストラルか。失礼かもしれないが、試合中とは印象が真逆だな、君は」

「あんな馬鹿みてェなテンション常に保てるかよ。俺ァ元々静かに本読むのが好きなんだ」

「……言われてみると、図書室でよく見かける顔だ」

ピートがじっと相手に目を凝らす。それでミストラルも肩をすくめた。

「Mr.（ミスター）レストンか。お前なぁ……読むの早ェのはいいけど、いっぺんに二十冊も三十冊も持ってくのは勘弁しろよ。特に魔工関連の専門書。途中の巻が見当たらねぇと思ったら、大抵お前の前にドサッと積まれてるじゃねぇか」

「あ――わ、悪かった。次からはこまめに返却する」

「おー頼むぜ。本はみんなの財産だからよ」

妙に良識のあることを言ったかと思えば、ミストラルはあっさりとオリバーたちから視線を移す。最初から絡（から）むつもりはなく、単純に顔見知りとして挨拶しただけのようだった。何やら肩透かしを食らった気分のオリバーに、また別の生徒たちが横から歩み寄る。

「やはり、貴方（あなた）たちも呼ばれてございますか」

ふたりの仲間を左右に引き連れて、前髪で両目を隠した女生徒がそこに立っていた。ミストラルと違ってこちらには見間違う余地がない。オリバーもまっすぐ彼女へ向き直る。

「Ms.エイムズ……」

「ご機嫌麗しゅう、Mr.ホーン」

恭しく挨拶を述べるエイムズ。その姿を前に少し考えて、オリバーは軽く文句を言っておくことにした。

「……試合では結果としていい経験をさせてもらったが、いくら何でも三対一は肝が冷える。チーム戦にせよ個人戦にせよ、次があれば一対一で相手をして欲しいところだ」

「お望みとあらば喜んで。……貴方に対しては、もはや隠すべき何物もございませんし」

そう答えたエイムズの口元にふっと自嘲が浮かぶ。試合の最終盤に披露した切り札のことを言っているのだとオリバーにはすぐに分かった。何と言葉を返すべきか悩む彼を、エイムズの左右から進み出たふたりの女生徒が同時に睨みつける。

「ようようよう。まぐれ勝ちでチョーシ乗んなよMr.ホーン」

「そーだそーだ！　次やったら絶対ミンが勝つんだからね！」

露骨に因縁を付けてくるエイムズ隊のふたり。重ねて対応に迷うオリバーだったが、彼の隣でそれを聞いたナナオが、ふと真顔になって腕を組む。

「ふむ、確かに。そちらが全員エイムズ殿と等しい実力であれば、我らの勝ちも危うくござったな」

「「ぐはぁっ！」」

言葉を発した東方（エイジア）の少女には一片の悪気もなかったが、ふたりの女生徒は大きな刃で薙（な）ぎ払（はら）われたようにたたらを踏んだ。エイムズがため息をついて双方の間に割って入る。

「落ち着いてくださいふたりとも。……すみません、連れがご無礼を。恥ずかしながら、これまで少々甘やかしすぎたきらいがございまして」

「うううぅ～」

「ごめんよぉ～。ミン、弱くてごめんよぉ～」

涙目でエイムズにしがみ付く女生徒たち。そんな三人の様子を眺めて、オリバーは少し微笑（ほほえ）ましく思う。——旧（ふる）い付き合いなのだろう。どことなく主従めいた繋（つな）がりが見て取れるのは、おそらく家同士の関係性を反映してのものだ。

仲間ふたりの頭を撫（な）でて宥（なだ）めつつ、エイムズがふと前方へ視線を巡らせる。

「ああ、それと——Mr.（ミスター）ホーンにMr.（ミスター）レイク、出来ればMr.（ミスター）レストンも。お一方ずつ、近いうちにお食事など一緒に如何（いかが）でございましょう」

「？　別に構わないが……感想戦か何かか？」

急な誘いを訝（いぶか）しむオリバー。彼のその反応に、前髪の下のエイムズの口元がふっと微笑（ほほえ）む。

「では、そのような口実で。……無駄に古いばかりで名のない家の出としては、そろそろ婚活の布石を打たねばならない時期でございまして」

彼女がそう口にした瞬間にぴしりと空気が張り詰める。そんな中、オリバーは慌てて眼鏡の少年を隠すように立ち塞がった。

「レ、レイクは好きにするといい。でもピートは駄目だ」

「……いや、別に行く気もないが。なんでオマエが断るんだ？」

「そういうのはまだ早い」

「だから、なんでオマエがそれを言うんだ」

ピートのつっこみが背中を叩くが、オリバーは頑として彼の前を動かない。その様子を眺めたエイムズがふむ、と軽く鼻を鳴らし、

「失敬、性急に過ぎたようでございますね。……それでは、お誘いはまた機会を改めて」

あっさりと退いて踵を返す。それで両脇のふたりも「覚えとけ！」「月のない夜に気を付けてよね！」などと捨て台詞を残しつつ後に続き、そんな三人の背中を見つめて、オリバーたちはぽかんと立ち尽くす。

「……いきなりガツガツくんなぁ。まーでも、そういう時期っちゃ時期か。おれらももうじき上級生になるもんな」

「……むー……」

驚きつつも納得顔のガイだったが、小さな唸り声に引かれて隣に視線をやる。巻き毛の少女が不満げに頬を膨らませていた。

「？　なに膨れてんだよ、カティ。別に誰も取られてねぇぞ？」

「……ガイの名前だけ呼ばれなかった」

「は？　……あー、言われてみりゃそうだな。残念ながらお眼鏡に適わなかったようで」

「何、そんなに呼ばれたかったの⁉」

「言ってねぇよ！　だからなに怒ってんだおまえ！」

少女に詰め寄られたガイが戸惑って後ずさる。と——そんな彼らのやり取りを、ふいにシェラが片手で制した。

「じゃれ合いはそのくらいに。……本題が始まるようですわ」

彼女の視線の先でひとりの上級生が教壇に立ったため、オリバーたちも急いで席に着く。教室に揃った三年生たちの顔ぶれを鋭い目でざっと見回して、生徒会の古参である色黒の女生徒が口を開いた。

「——七年のレセディ＝イングウェだ。ゴッドフレイが治療中のため、彼の復帰まで私が臨時で統括代行を務める。……突然の召集に戸惑っている者も多いだろうが、まずはこの場に来てくれたことを感謝しよう」

真っ先に礼を述べるレセディ。それでも緊張を解かない後輩たちへ、彼女はさらに続ける。

「不安を払拭するために言っておくと、生徒会が君たちに何かを強いることはない。よって、これから行うのはあくまでも協力要請だ。ただ、極めて切実な要請であることは知っておいてもらいたい。事はキンバリー全体の今後に関わる問題。ゴッドフレイの支持者である君たちに

も決して無関係ではない」

内容が何であれ、受けるか断るかの選択肢はあるらしい。その事実に内心で安堵しつつ、三年生たちはレセディの言葉に耳を傾ける。

「現状から順番に説明しよう。ゴッドフレイが負傷した経緯は諸君も知っての通りだが、傷そのものは時が経てば治る範疇のものだ。しかし、このままだと完治までいささか長引く。それは非常に望ましくない。統括の任期こそ残りわずかだが、彼にはまだ果たすべき仕事がある」

「仕事」について説明されるまでもなく、その言葉には誰もが納得した。キンバリーの歴史を顧みても決闘リーグ優勝者の演説が選挙結果にもたらす影響は大きく、今の状況ではそれらが当選の決定打にもなり得る。自分の志を継ぐ生徒を次期統括に据えたければ、ゴッドフレイは何としても今回の決闘リーグに勝たねばならない。それはゴッドフレイの支持者にとっても同じことだ。

「ひとつだけ、彼の負傷を速やかに完治させる方法がある。――サイラス＝リヴァーモアに奪われた骨を取り返すことだ。同時に、それが諸君をここに呼んだ理由でもある」

ついに出たその名前に三年生たちの緊張が増す。座席の一角で生徒のひとりが口を開いた。

「つまり、統括の骨の奪還に協力しろと？」

「そうだ。もう分かっているだろうが、この場に呼んだ生徒の基準はふたつ。第一にゴッドフレイの支持者であること。第二に決闘リーグの本戦出場者――即ち三年生の実力上位層であること。はっきり言えば、迷宮内での活動に際して『戦力になる』と我々が見込んだ面々だ」

やはりそうか、とオリバーは納得する。アンドリューズたちのチームが呼ばれていないのはひとつ目の条件に合わなかったからで、二年生チームに関しては単純に戦力外と判断してのことだろう。

徐々に話が見えてきたところで、エイムズが静かに手を挙げる。

「……それは光栄にございますが。リヴァーモア先輩ほどの手練れを相手に、あえて我々下級生を動員する理由を伺っても？　常ならば生徒会、あるいは上級生の中だけで完結する問題かと存じますが」

「耳に痛い指摘だが、その答えも至ってシンプルだ。――ゴッドフレイの骨を取り合って上級生同士で直接争う事態だけは避けたい。それは率直に言って人死にが出る。よって上級生の多くは校舎に残って捜索への不参加を示し、同時に対抗勢力の上級生へ『迷宮へ潜るな』と睨みを効かせておく必要がある。互いに望まぬ全面戦争を避けるための計らいとして、これは向こうも合意済みだ。

また、次期統括候補者を中心に、試合当日までは思わぬ事故に警戒する必要もある。そこに生徒会の通常業務も加わり――こうなると必然、骨の奪還に回せる人員は限られてしまう」

思わぬ事故とぼかしてはいるものの、要するに前生徒会陣営からの妨害工作のことだ。今この瞬間も水面下で行われている熾烈な攻防を想像して、オリバーは背筋に寒気を覚えた。去年の箒競技リーグでの出来事が否応なく思い出される。

「よって捜索に参加出来る上級生は人数が限られる。主に捜索範囲の広さの問題から、それらの人員だけでは作戦が難航する可能性が高い。そこで諸君の力を借りたいのだ。これで事の経緯は理解してもらえたか」

言葉を切って後輩たちを見つめるレセディ。誰からも質問が上がらないのを確認すると、彼女はさらに踏み込んだ内容を語り始める。

「無論、これだけでは判断材料が足りないだろう。そこは今から捕足する。

まず——先ほどは便宜的に『戦力』と表現したが、諸君にリヴァーモアと直接戦え、などと無茶を言うつもりはない。期待しているのはもっぱら捜索範囲の拡大、ひいてはそこから生じるリヴァーモアの行動への圧力だ。チーム戦を経験した諸君ならこれは理解できるだろう」

獲物を追い込むのに駒は多ければ多いほど良い。先の試合で三チームからの狙い撃ちに苦しめられたオリバー隊は言うに及ばず、他のチームもすでにその事実は身に染みていた。サイラス＝リヴァーモアと直接戦うにはこの場の三年生の誰もが力不足だが、それを踏まえて監視と援護に徹することで、最低でも捜索効率の大幅な向上が期待できる。

「加えて、諸君だけで捜索へ向かわせるつもりもない。具体的には一班の編成を四人とし、その中に監督役の上級生を一名必ず含める。監督役は日によって交代することもあるが、おおむね決闘リーグのチーム＋上級生一名で組ませると思ってくれていい。これで捜索中のリスクを最低限に減らしつつ、いざという時には上級生が盾となってでも諸君を逃がす」

つまりは三人で一人前の扱いなのだと知って、オリバーはそこに生徒会の確かな分別を見て取った。どれほど事態が逼迫していようとも、断じて後輩を矢面には立たせない――その信念を中心に据えたまま、レセディ＝イングウェは語り続ける。

「期間は明日の夜から最長で三週間。捜索の対象範囲――即ち迷宮内でのリヴァーモアの潜伏場所についてだが、もちろんある程度の当たりは付けてある。が、部外者の乱入を防ぐために、諸君が参加を表明するまでは場所の明言を避ける。三～四層に相当する危険があり、魔獣よりも死霊の脅威が多く想定される場所……とだけ言っておこう。お化けが苦手な者は断ったほうが良いかもしれんな」

にやりと笑って付け加えるレセディ。それは半ば冗談でもなく、後輩たちが死霊との向き合い方を弁えているかどうかを問うものだ。戦いの手管以前に精神面の安定が最低条件で、心に隙が多い者はたやすく彼らに手を引かれる。憑りつかれて正気を失った場合など、下手に本人の腕が立つほうが厄介な場合すらあるのだ。

案件の危険性と自分の実力を無言で秤にかける三年生たち。ミストラルが難しい顔で呟く。

「相手が相手だけに、体張る見返りは――とか言いたくなるとこだけど、そんな場合でもねェな。統括に復帰してもらわなきゃ困ンのはむしろ俺たちだ」

「つべこべ言わず協力するべきね。来年以降のキンバリーを今より物騒にしたくないなら」

彼に続いてステイシーが同意を示す。彼女の生家コーンウォリスも名のある旧家だが、主家のマクファーレンの嫡子——即ちシェラに倣うという名目でゴッドフレイ支持の面目は立つ。ふたりの発言を聞いたレセディがふっと笑う。

「そう言ってもらえるのは喜ばしい。が——見返りについては懸念するな。君たちは生徒会メンバーではないのだから、身の危険がある作戦に何のリターンもなく参加しろというのは虫が良すぎる。……何より、魔法使いの善意や良識に期待して協力を仰ぐなど、キンバリーでは寒々しいを通り越していっそ気持ち悪い」

肩をすくめてそう言ってのけてから、レセディはきっぱりと続ける。

「全員に手付けで五十万、成功報酬で五十万。ゴッドフレイのチームがリーグ戦を制した暁には、そこへさらに五十万ベルクを上乗せする。リーグの優勝賞金とは比べられないにせよ、小遣いよりは多少マシな額面のはずだ。加えて——作戦に従事する間は、監督役の上級生から手厚い指導が受けられる。これも受ける側によっては金に換えられない価値があるだろう」

三年生たちが唸った。仮に捜索が実らず最低額の五十万に留まったとしても、三週間で得られる報酬としてはかなりのものだ。ミストラル隊のひとりがなおも率直に尋ねる。

「……空手形ではありませんね？」

「無論」

即答したレセディが呪文を唱えると、足元に置いてあった布袋からいくつもの小さな巾着袋が飛び出して宙を舞った。空中でばらばらに散ったそれらが、金属の擦れ合う音を立てて三年生たちの前に落ちる。封を開けた生徒たちは、その中にぎっしりと詰まった金貨を目にした。

「参加する者はそれを受け取り、そうでない者は置いて去れ。検討に時間が欲しい者は心が決まってから生徒会本部(スクールフォース・ヘッドクオーターズ)へ受け取りに来い。仮に断ったとしても何のペナルティもないことはゴッドフレイと生徒会の名の下に保証する。……それすら、今の生徒会が来年以降も存在していればの話ではあるがな」

　そう告げつつレセディが杖(つえ)を腰に戻す。金貨の詰まった袋が、それ以上の重みをもって三年生たちの手にずっしりと圧(の)しかかる。

「判断材料として最後に付け加える。――経験豊富な我々が見て取る限り、サイラス＝リヴァーモアは魔に呑まれてはいない。近く呑(の)まれそうな兆候もない。よってヤツは今も揺るぎなく正気であり、これをどう受け止めるかは諸君次第だ。……狂った獣と冷静な獣のいずれが危険か、そんなことは軽々に推し量れん。まして我々は今からそれを追い詰めるのだ」

　最後までリスクを誤魔化すことはしない。それは現生徒会の誠意であり、同時に愚直さでもあるのだとオリバーは思った。キンバリーという魔境にあって彼らのやり方は良心的に過ぎる。政敵のパーシヴァル＝ウォーレイはまさにそれを批判しているのだろう。

「…………」

　少年は思う――だからこそ、彼らの志は継がれるべきなのだと。その想いと共に巾着袋を摑(つか)

み取って懐に収めるオリバー。そこで教壇のレセディと目が合い、彼女はふっと微笑んだ。

「ひとついいですか、先輩」

こちらも迷わず金貨を手に取りながらユーリィが声を上げる。レセディが彼に目を向けた。

「なんだ、Mr.・レイク」

「ぼくが調べた限り、リヴァーモア先輩は長年かけて人間ひとり分の骨を集めてきたと見られます。それを踏まえて――あの人の行動原理、もしくは目的に思い当たりはありますか？」

その発言に室内がざわついた。レセディが眉根を寄せてユーリィへ問い返す。

「……初耳だ。尋ねるが、それは何を根拠にしての推察だ？」

「生徒会の記録からリヴァーモア先輩に襲われた生徒を洗い出して、ぼくにできる範囲で本人を尋ねて話を聞きました。彼らが奪われた骨の部位を列挙したところ、重複がひとつも見当たりません。具体的にはこんな感じです」

懐から紙束を取り出したユーリィが杖を振ってそれを教壇へ飛ばす。受け取ったレセディが中身に目を通していくうちに、その表情がどんどん険しくなっていく。

「……してやられたな。ヤツが他人の骨を奪っていくことなど、いっそ当たり前すぎて疑問視する発想すら持てなかった。ここまで露骨な法則性があったとは」

呟きつつ、こぶしで自分の頭をごつんと叩く。資料の内容をざっと把握したところで、彼女は再びユーリィへ向き直った。

「情報をこちらで精査した上、信頼のおける死霊術(ネクロマンシー)の識者に伝えて分析しておこう。質問への回答はその後になるが、感謝するぞMr(ミスター).レイク。……というか、よくこの人数にそのような突っ込んだ話を聞けたな」

「それはもう粘り強く取材しました。八回くらい殺されかけましたけど」

「いい面の皮だ。この件が片付いたら生徒会に来い、こき使ってやる」

にやりと笑って勧誘する。それで話を切り、レセディはまっすぐ三年生たちを見据えた。

「思わぬ情報が増えたが、我々からの話は以上だ。作戦の詳細は参加を表明した者にのみ追って通達。なお、返答の期限は明日の正午までとする。

いま報酬を受け取った者も、それまでに気が変わったなら躊躇(ちゅうちょ)せず返却しに来い。誰も笑わんし責めもせん。各自、くれぐれも慎重に判断するように」

教室を出たオリバーたちが夕食時の友誼(ゆうぎ)の間に向かうと、選挙活動に勤(いそ)しむミリガンの姿がこの日もそこにあった。演説が一段落したところで後輩たちのテーブルへやって来た彼女が、彼らからリヴァーモア捜索の話を聞いて勢いよく立ち上がる。

「――なるほど。つまり、私の出番だね！」

やる気満々で言い放ったミリガンを、ひとりの女生徒が背後から羽交い絞めにした。サルヴアドーリの一件で縁が生まれて、今もミリガンの選挙活動を手伝っているリネット＝コーンウォリスである。

「アホかっ！　あんたはいちばん狙われる立場の次期統括候補でしょーが！　この時期に迷宮へ深入りする時点で論外だし、そもそも本戦の対策以外で油売ってる暇あると思ってんの⁉　下手すりゃ次でエチェバルリアと当たるのよあんた！」

「嫌だっ、この子たちには私が教えるんだ！　たくさん鍛えて強くして、決勝でいっぱい活躍してもらって！　それでまたMr.・ウォーレイの悔しがる顔を見るんだい！」

「こ、こいつ、臆面もなく……！　すっかり師匠ヅラの味をしめてやがる……！　スー、ちょっと手伝って！　この馬鹿引っ張ってくから！」

「仕方ないわね。シェラ、ちょっと外すわよ」「手伝います」

ステイシーとフェイの応援が加わって三人となり、じたばたと暴れる蛇眼の魔女を力づくで引きずっていく。その姿を見送りつつ、ガイがぽつりと呟く。

「……まぁ、さすがに無理だよな。ミリガン先輩に来てもらうのは」

「残念だが妥当だろう。生徒会陣営の候補者を当選させるために動いているのに、その候補者を危険に晒しては元も子もない」

オリバーが頷いて同意する。そこに眼鏡の少年がはっきりと声を上げた。

「上級生のことより、問題はボクたち自身だ。――参加するのか？　あの作戦に」

問われた全員が顔を見合わせる。その中で、すでに気持ちの固まっているオリバーが率先して口を開いた。

「……すでに報酬も受け取ったが、俺自身は参加するつもりだ。選挙の件を抜きにしても、ゴッドフレイ統括にはいくつも恩義がある。その一部でも返すのにこれは良(い)い機会だろう」

「ぼくはリヴァーモア先輩に会いたいからもちろん参加だし」

「故ある先達からの切実な求め。拙者も武人として応えぬわけには参り申さぬ」

ユーリィとナナオが迷わずそこに続く。ピートの視線が縦巻き髪(ロールヘア)の少女に移ると、彼女もこくりと頷(うなず)いてみせた。

「スーもその気ですし、あたくしは参加しますわ。Mr.(ミスター)ウィロックも同様でしょう」

「要はどっちも全員参加で固まってると。つまり、決めんのはおれたちだな」

ガイの言葉が問題を集約する。ピートが彼を振り向き、カティが腕を組んで考え込んだ。

「ゴッドフレイ統括には早く治って欲しいけど……わたしたち、これに参加して本当に大丈夫？　足手まといにならない？　そりゃなんとか本戦には出られたけど、オリバーやナナオと同じレベルでなんて戦えないし……」

「その必要もない。イングウェ先輩も言ってただろう、足りてないのは戦力じゃなくて捜索の人手だと。それでも実力不足だっていうなら最初から誘われなかったはずだ。……正直、ボクは行きたい。総額百五十万ベルクの報酬はじゅうぶん魅力だし、上級生の指導にも興味がある」

乗り気の姿勢を見せるピート。その言葉に納得しつつも、まだ心のどこかで踏ん切りが付かないカティだったが、

「じゃあ決まりだな。おれたちも行くぜ」

思いがけず、長身の少年がその背中をとんと押す。巻き毛の少女は驚いて彼を振り向いた。

「ちょ、ちょっと、そんなに簡単に決めちゃっていいの？　わたしとピートはともかく、ガイはまだそこまでお金に困ってないでしょ？　こっちに合わせて無理しなくても……きゃっ⁉」

みなまで言わせず少女の背後に回ったガイが、目の前の巻き毛を両手の指で無造作にかき回す。慌てるカティの後ろで少年が唇を尖らせた。

「いいじゃねぇか金、あって困るもんじゃねぇだろ別に。……これでこの話終わりな」

「な、なんで髪かき混ぜるの⁉」

「なんかイラっとした」

答えたガイが相手の頭からやっと手を離し、カティは「もー！」と声を上げて彼に乱された髪を整え直す。そのやり取りを微笑んで見守りつつ、オリバーはふと顎に手を当てた。

「……気になるのは、前生徒会陣営の動きだな。この状況を座して見守るはずはないが、おそらく人手の不足は向こうも同じ。となると、あの場に呼ばれていなかった三年生チームにも、おそらく今ごろ――」

「──以上がリヴァーモア捜索、そして生徒会に先んじてのゴッドフレイの骨奪還の段取りだ。質問はあるか？」

校舎三階。オリバーたちが集められたのとは別の教室で、レオンシオ＝エチェバルリアはほぼ同じ目的の会合を開いていた。彼の前で席に並ぶのは、やはり決闘リーグの本戦出場者を中心とする三年生たち。レセディが作戦に誘わなかった、即ちレオンシオ側の支持者とされる面々である。試合でオリバーたちと鎬を削ったリーベルト隊、カティたちを降して決勝へ駒を進めたアンドリューズ隊もその中に含まれた。

協力要請についてひと通りの説明を受けたところで、席の後方に座る三年生が遠慮がちに手を挙げた。

「一応訊いとくと……これ、参加は強制スかねぇ」

「求めているのはあくまで任意での協力だ。ここで断るのを賢明とは思わんがな」

「そんじゃボクは断ろかな。選挙にこれっぽっちも興味ないねん。後ろで勝手にやってて欲しーわこーゆうの」

最前列の机に脚を載せて座っていたロッシが、その不遜さのまま堂々と不満を口にする。多くの生徒たちが冷や汗を流す中で、教壇のレオンシオがふっと笑った。

「もちろん好きにすればいい。しかし——君のチームメイトたちはどうかな？」

そう言ってロッシの隣に座るふたりへと視線をやる。そのうちの大柄な一方——ジョセフ＝オルブライトが、淡々とした声の中に諦観を滲ませて答えた。

「……参加しよう。他でもないエチェバルリアの要請とあらば」

「さすがはオルブライトの嫡男。野良犬と違って道理を弁えている」

レオンシオが微笑む。もちろん彼も知っている——相手が断らなかったのではなく、断れなかったのだと。保守派の旧家であるエチェバルリアは同じ傾向のオルブライトとも縁が深く、多くの分野で協力し合っている間柄でもある。その関係性を悪化させかねない返答は、今のジョセフ＝オルブライトの立場からはそうそう許されない。

「君はどうかな、Mr.アンドリューズ。同じ旧家のよしみで快く力を貸してはくれないか。それとも——君も無駄に吠えてみるか？」

教壇を降りたレオンシオがゆっくりと席の間を歩き、ひとりの少年の隣で足を止める。少しの沈黙を経て、アンドリューズがぽつりと口を開いた。

「……手伝いましょう。ただし、期間は上級生リーグの本戦終了まで。以降は自分の決勝に集中するため、仮に成果が出ていなくてもそこで必ず抜けます。もちろんチームメイトも一緒に」

協力の意思を示しながらも、譲れない部分では断固とした条件を付ける。後輩のその反応の好ましさに、レオンシオは口元をつり上げた。

「牙を覗かせるに留めたか。なかなか有望だ、君は」

評価した相手から視線を切ると、レオンシオは再び前列のロッシへと向き直った。不機嫌さも露わな後頭部へ向かって問いかける。

「彼らは気概を見せてくれた。——改めて、君はどうする、Mr.ロッシ。ひとりだけ尻尾を巻いて帰るか？」

舌打ちが盛大に響いた。チームメイトふたりが参加する以上、ロッシだけが要請を断ったところで意味は薄い。彼自身も協力して捜索の早期完遂を目指すほうがまだしも前向きだ。それを承知しきったレオンシオの挑発に、ロッシは吐き捨てるように応じる。

「……付き合ったるわ、しゃーない。けども代わりにいっこ条件や。ウチの班の監督役——あんただけは絶対ごめんやで」

「それまた残念だ。暴れる犬ほど躾け甲斐があるのだが」

教壇へ戻りつつ呟くレオンシオ。その声にぞくりと寒気を感じて、ロッシは無言で一列後ろの席へ陣取り直すのだった。

後輩たちへの説明を終えたレオンシオが教室を後にすると、廊下を歩く彼の背後にひとつの影が忍び寄った。肩にひたりと白い手を載せながら、その影は男の耳元で問いかける。

「——期せずして、ずいぶんとお前に有利な状況になったじゃないか。さぞ笑いが止まらないだろう？」

彫りの深いエルフの顔に陰惨な笑みが浮かぶ。同時に突き出したレオンシオの左掌が真横の壁を叩き、そこから蜘蛛の巣のような罅がびしりと広がった。

「……棚から落ちてきた勝利を拾うも同然だ。こんなにつまらん話があるか？」

「ハァ、ハ。……ではいっそ、その不機嫌の理由をもっと掘り下げてやろう。もしリヴァーモアに狙われたのが自分であれば、今の状況はまるきり逆だった——お前はそう考えているんじゃないか？」

「違うな。あの状況で不意打ちを受けたとして、私なら骨を抜かれるようなヘマはしない。ゴッドフレイとて本来ならそうだった」

即答で否定してのけるレオンシオ。その言葉にしばし考え込んでから、キーリギがぽんと手を打つ。

「ああ……なるほど、分かったぞ。お前はこう考えているんだな。ゴッドフレイが不意打ちを避けられなかったのは、彼があの場の全員を——ともすれば自分すら守ろうとしたからだと」

彼女がそう口にした瞬間にレオンシオの右手が掻き消える。見て取る間もなく抜き放たれた杖剣の刃が、ローブの布を断ち切ってキーリギの右肩に触れていた。

「言葉に気を付けろ邪鬼。いかにも私は不機嫌だ――八つ当たりに手頃な腕の一本を斬り落としかねん程度には」

「良いとも。腕の一本や二本、その表情の代価としては安いものだ」

迷わず言ってのけた女が陶然とした面持ちでレオンシオの顔を見つめる。そこに表れている感情が相手を悦ばせていると知ると、男はすっと表情を消して刃を鞘に納めた。ああ――とキーリギが残念そうに声を上げ、それから再びレオンシオの肩に手を置く。

「腹に据えかねることがあろうとも、それを選挙戦の勝利に優先させたりはしないのがお前の良いところさ。……このままゴッドフレイの復帰を阻んでリーグ戦を制し、その結果による後押しでパーシィを当選させる。それで構わないのだろう？」

「言うまでもない。……迷宮での指揮はお前に一任する。リーグ戦のことは一旦忘れて構わん。ゴッドフレイが出てこない以上、私とジーノのふたりで戦力は足りている」

問われた男が淡々と告げる。ゴッドフレイとの因縁に執着しながらも、選挙の勝利のためには利用できるものを徹底して利用し尽くす――そうした盤外での謀略も含めてレオンシオ＝エチェバルリアの流儀である。試合の前にそこで敗れるようなら、それはゴッドフレイが対等の敵手足り得なかったということ。そう考えることで消化しきれない感情をひとまず落とし込み、レオンシオは目の前の問題へ集中する。

「シンプルに骨を先取り出来れば理想だが……リヴァーモアの抵抗でそれが叶わない場合、生徒会側への妨害は可能な限り間接的なものに留めろ。あまり露骨な真似をしてはその反発で票を失いかねないし、何よりもパーシィの人望に傷が付く」

「分かっているとも。私たちはあくまで、ゴッドフレイが盗られたものを彼に代わって取り返してやるだけなのだろう？　結果として少しばかり返すのが遅れてしまうとしても」

どこまでも白々しいキーリギの言葉にレオンシオが鼻を鳴らす。——現時点でゴッドフレイの支持そのものは損なわれていない。バネッサ＝オールディスとの戦いで彼が学生統括の名に恥じない戦いぶりを見せつけたこともあり、今はむしろその背中を刺したリヴァーモアへの反発のほうが生徒たちの間では勝っている。が、盗られた骨をレオンシオたちが先んじて取り返したとなれば話は別だ。それはゴッドフレイというリーダーが抜けた後の生徒会の力不足を示す結果に他ならず、同時にパーシヴァル＝ウォーレイが当選した未来における新たな生徒会の実力を証明するのだから。

「選挙戦も大詰めが近い。悪趣味に走るなとは言わんが、優先順位を履き違えるな。……今回ばかりはパーシィに朗報を運べ、キーリギよ。それがどれほど似合わないとしてもな」

いつになく重い言葉でもって命じるレオンシオ。それを聞いたキーリギの口元がにぃと三日月の形に歪み——次の瞬間、男の隣から、その姿は霞のように掻き消えていた。

第二章

死霊の王国（キングダム）

　午後七時、キンバリー校舎一階の教室。薄暗い部屋の壁に掛けられた大鏡の前に、いくつもの影が立ち並んでいた。

「――全員参加。まず、その決断に感謝しよう」

　鏡の前に立った七年生の女生徒、レセディ＝イングウェが言い放つ。いま彼女の目の前には、ティムを始めとする同じ生徒会のメンバーに加えて、先の集まりに顔を見せた三年生たちが勢揃いしていた。三つの班に分かれてこそいるが、剣花団の面々の姿も全員その中にある。

「頭数が多いため、ひとまず班ごとに分かれて目的地へ向かう。このように人数を駆り出す場合でも迷宮内の活動は分進合撃が原則だ。大勢でぞろぞろ動くと迷宮の環境を無用に刺激し、結果として思わぬ厄介事を呼び寄せやすい。憶えておくように。では出発」

　レセディがあっさりとそう告げると、各班の監督役も軽く頷く。そのうち半数は三年生たちを連れて鏡の中へ飛び込んでいき、もう半数は教室を出て別の「入り口」へと回る。カティやシェラの班とはここで別行動になり、オリバーは最後に彼女らと視線を合わせて互いの無事を約束した。そこにレセディがやって来る。

「ホーン隊の三人、今日は私がお前たちの監督役だ。試合での動きは見せてもらった。相応の働きを期待するぞ」

「微力を尽くします。……が、イングウェ先輩、本戦の準備のほうは大丈夫なのですか？」

「初戦でエチェバルリアと当たるようならここには来られなかったな。が、そうはならなかった。我々にもまだツキは残っているということだ」

不敵に笑って言ってのけたレセディが大鏡へ向き直り、そのまま先行した彼女に続いてオリバー、ナナオ、ユーリィの三人も迷宮へ突入する。暗闇の中を落ちていくこと数秒の後、見慣れた仄暗い空間へと体が投げ出され、

「シィッ！」

ほぼ同時に飛び掛かってきた魔犬へとレセディの回し蹴りが炸裂する。爆ぜた頭部から脳漿を撒き散らして吹っ飛んだ魔獣の姿に、先の上級生リーグ予選を思い返したオリバーは二重の意味で戦慄した。――バネッサ＝オールディスは、これを頭で受けて平然としていたのか？

「――気を付けろ。予選のために環境をいじくり回した影響で、魔獣どもの気が立っている」

「おお。見事な蹴り技にござるな」

ナナオが感服して声を上げた。魔犬の亡骸には目もくれずにレセディが駆け出し、三人がその後へ続く。そうして足早に一層を駆け抜けながら、オリバーはふと思ったことを尋ねる。

「……同門ですか？　ゴッドフレイ統括とは」

「気付いたか。目敏いな」

　レセディがにやりと笑う。まだ余裕を残した後輩たちの様子から移動速度を速めつつ、彼女はオリバーの質問に答え始める。

「同門というより、私からヤツに多少指南した程度だがな。――これは我が家に代々伝わる体術なのだが、どうも大元は普通人の武術であるらしい。もちろん魔法剣の技術と折衷して実戦向けに仕上げてあるが」

　なるほど、とオリバーは納得する。――シェラと比べてもなお濃い肌の色から、彼女のルーツが異大陸にあることは察していた。足技を中心とした独特の武術もその地のものなのだろう。

「正統なラノフ流の使い手であるお前からすれば邪道もいいところだろう。が、これはこれで魔法使いを相手取る時に何かと有用でな。そこに目を付けたのか、この前などは三年のロッシが自分にも教えろと絡(から)んできた。望み通りに五、六度蹴り倒してやったら満足して帰ったが」

「……納得いきました」

　知己の名前にオリバーがため息をつく。……ロッシが目覚ましい速度でクーツ流を習得しているのは感じていたが、その一方でお得意の邪道のほうもしっかりと磨いていたらしい。先の試合でピート相手に繰り出した水面での逆立ち蹴り(オーバーヘッドキック)もその流れだろう。とすると、今後はますます相手取るのが厄介になりそうだ。

　頻繁に言葉を交わしながらも、誰が注意するまでもなく、オリバーたちは通路に点在する魔法トラップをよけて走り続ける。その間、レセディは後輩たちの動きをひとりずつ観察していた。各人の技術の方向性、ひいては自分のそれとの相性を。

「ヒビヤの術理とも嚙み合わん。この技を教えるなら……むしろお前だな、レイク」

「えーと、こんな感じですかね？」

名指しされたレイクが、走りながら器用に体をひねって蹴りを繰り出す。ついさっきレセディが魔犬を蹴り飛ばした動きを即興で見真似たものだ。基幹三流派のそれとは体の使い方が根本的に異なるというのに、彼の再現度は異常なほど高い。レセディが目を細める。

「そんなところだが……気持ち悪いほど見取りが早いな。お前、ベースの流派は何だ？」

「ありません！　強いて言えば野山を駆け回って覚えた身のこなしです！」

「ふん……？　よく分からんが、技術というよりはセンスのお化けの類か。いいぞ、なおさら鍛え甲斐がありそうだ」

歯を見せて笑うレセディ。どうやらユーリィを気に入ったらしい彼女の様子に、オリバーは内心でほっとする。……本人の無邪気さとは裏腹に、ユーリィの人柄はどうしても付き合う相手を選ぶ。ロッシのように初対面から毛嫌いするケースもあったため、この先輩がそうならなかったのはシンプルに幸いだった。これから一緒に死線を潜るかもしれない相手なのだ。

「三層までの間であれば、何が現れたところでお前たち三人ならそうそう引けは取らんだろう。……が、四層からはまた話が違ってくる。強いだけでは足りん」

「……四層より深いのですか？　これから向かう場所は」

懸念を込めてオリバーが尋ねた。四層「深みの大図書館」より下へ進むとなると、目的地での危険度が跳ね上がるのみならず、否応なく「図書館前広場」の試練が立ちはだかる。かつてはカーリーとロベールに力を借りて切り抜けた場所だが、このメンバーで同じことは出来ない。また別の戦術を考える必要がある。

説明を求めるオリバーの視線に、ふむ、とレセディが鼻を鳴らす。

「イエスともノーとも答えがたい質問だな。……前提となる知識から説明すると、この迷宮は必ずしも下へ向かって降りていくばかりの一本道ではない。一層から二層、二層から三層といった縦の繋がりとは別に、いくつかの階層には横の分岐というものが存在している」

「ふむ？　蟻の巣の如き造り、ということでござろうか」

「そのイメージで構わん。が――もとより広大な迷宮の話だ。いかにキンバリーとて、数ある分岐の先まで含めた全てを十全に管理できているわけではない。そのメリットに乏しい、あるいはコストに見合わないと判断された場所は、封鎖・放置されていることもままある。それが俗に迷宮の『放棄区画』と呼ばれている場所だ」

会話の間も足取りは緩まず、まもなく石造りの通路を抜けていった四人が二層「賑わいの森」へと踏み込む。そこからは誰からともなく口を閉ざし、しばらく無言のまま慎重に先を急いだ。普段の二層なら慣れたものだが、今は予選のために深層から連れてこられた魔獣が残っていないとも限らない。各々が細心の注意を払いつつ、鬱蒼とした森の中を抜けていく。

「……予想よりは落ち着いている、か」

周りの雰囲気を測りつつオリバーが呟（つぶや）く。……教師たちも環境の修復には気を遣ったと見えて、あちこちで二層の魔獣たちが縄張り争いをしている以外、目に見えて大きな異常はない。おそらく強力な魔獣を配置するに当たって、元々の住人である彼らは一時的に別の場所へ追いやられていたのだろう。どんな手段を用いたのかはオリバーにも分からないが、それもあのバネッサ＝オールディスならほんのひと吼（ほ）えで済む話なのかもしれない。

巨大樹（イルミンスール）を下りきったところで二層は残りわずかとなった。樹木の密度も減って不意打ちの懸念（けねん）がなくなったと判断し、レセディが再び口を開く。

「放棄区画の説明を続けるぞ。――そうした場所には、普通なら生徒もまず立ち入らない。入ったところで得るものがないからな。が……一部に例外もある。持ち前の卓越した魔法技術でもって、放棄された広大な空間を自分好みの箱庭に仕上げようとする輩（やから）が」

すでに全員が突破している「冥府の合戦場」を素通りし、レセディの先導でそのまま三層の湿地を進んでいく。四層へ向かう時とは明らかに方向が違っており、これが分岐へのルートなのだとオリバーたちも察した。後輩たちに背中を向けたまま、レセディの説明はなおも続く。

「リヴァーモアはまさにそれだ。もはや工房などというレベルではない。我々が気付いた時、そこはすでにヤツの王国と化していた。……ただし、ヤツ以外にはひとりの生者もない、無数の死霊（アンデッド）たちの住まう王国にな」

想像を働かせたオリバーがごくりと唾を呑（の）み、連想でオフィーリア＝サルヴァドーリの支配下にあった三層の光景を思い出す。原生の魔獣たちを差し置いて異形の合成獣（キメラ）が跋扈（ばっこ）し、心を狂わす惹香（パフューム）の充満する別世界。あれと同じような領域を、リヴァーモアはさらなる時間と手間をかけて徹底的に造り込んでいるということだ。それがいかに恐ろしいことか。

湿地の隅にみっしりと生い茂る草を掻（か）き分（わ）けて進むと、その向こう側に暗い洞がひっそりと口を開けている。レセディが迷わず中へ踏み込み、オリバーたち三人もその後へ続いたが、

「ん？」「おや、行き止まりにござるな」

いくつかの分岐を経て五分ほど進んだところで壁に突き当たる。もしや途中で道を間違えたか——などと後輩たちが考える間もなく、レセディがその壁へ向かって杖剣（じょうけん）を振り、

「爆ぜて砕けよ（フラルゴ）！」

ひと息でぶち抜いた。隠し扉などという小洒落（こじゃれ）たものではなく、単に壁の向こう側まで力ずくで穴を穿（うが）ったのみ。土煙と一緒にこれまでとはまったく質の違う澱（よど）んだ空気がどっと流れ込んできて、それが肌に触れた瞬間にオリバーたちは直感する。ここからが魔人の領地なのだと。

それぞれの杖剣（じょうけん）を手に、穿（うが）った穴の向こう側へ侵入する。すると——月光に似た白い光にのっぺりと照らされて、草木の代わりに無数の白骨が散らばる灰色の荒野が茫々（ぼうぼう）と広がった。四人の背後では通り抜けてきた穴がひとりでに塞がって空気の流出が止（や）み、続けてまったくの無風が訪れる。不気味を通り越して現実感のないその光景は、さながら此岸（しがん）から彼岸へ踏み込

んだかのような感想をオリバーたちに抱かせた。

「――構えろ。さっそく始まるぞ、入国審査が」

レセディの声が低く響き、それを受けた三人が即座に臨戦態勢に入る。地面に散らばる白骨がぶるぶると震え出し、さらには一斉に動き出して互いに組み合わさり、速やかにひとつの形を成し始めた。そうして彼らの前に立ち塞がったのは、体長三十フィートに迫ろうという三つ首の魔獣――三頭犬（ケルベロス）の骨格である。

「魔獣やキメラとは勝手が違う。狙う部位は分かるか？」

矢面に立つレセディが悠然と腕を組んで問いかける。相手の外見を素早く観察した上で、オリバーはそれに答える。

「……出血や臓器へのダメージは望めませんから、急所になるとすれば駆動の基幹となる骨。この個体なら背骨を断つのが有効かと」

「正解だ、ひとまずはな。――私が懐（ふところ）に潜って注意を引く。じっくり狙って構わんが、こちらの背中を撃ってくれるなよ！」

説明を手短に切り上げたレセディが戦端を切る。彼女の踏み込みに続いてオリバー、ナナオ、ユーリィもそれぞれの位置取りに動き出し――そんな彼らへ彼岸の理を示すべく、あるいは生者の傲慢を咎（とが）めるが如（ごと）く、命無き三頭犬（ケルベロス）の悍（おぞ）ましい咆哮（ほうこう）が響き渡った。

時を同じくして、他の班も続々と放棄区画に侵入していた。

「――氷雪猛りて！」「火炎盛りて！」

ピートとガイの魔法が骨獣の背骨を狙って放たれる。呪文の選択は温度差による脆弱化を狙ったもの。その立ち回りに内心でひとまずは及第点を与えながらも、彼らの監督役を務める『毒殺魔』ことティム＝リントンは腰のポーチの蓋を忙しなく開け閉めする。

「ちっ……！　苦手なんだよなぁ、後輩どものお守りは！　気軽に毒ぶん撒けないし！」

彼の葛藤とは裏腹に、その呟きが耳に入ったことで、後輩たちはますます毒を撒かれる前に倒そうと決意を新たにした。が、もちろんそう簡単な話ではない。ガイが地面を蹴るたびに、少しの潤いもない乾き切った地面の感触が足裏に返ってくる。

「土が痩せてて器化植物が使えねぇな……！　そっちは呼べるか、カティ⁉」

得手がひとつ封じられていることを確かめつつ、ガイは背後の仲間へ問いかける。開戦からこの方、ずっと地面へ魔法陣を描いていた巻き毛の少女が手を止め、こくりと頷いた。

「……大丈夫。ここなら、繋がる」

確信をもってカティが告げる。魔法陣の前でおもむろに膝を突き、彼女は詠唱を始めた。

「来て、マルコ、ライラ。――辿りて来たれ」

呪文を受けて起動した魔法陣に光が溢れ、次いで風が吹き出す。無風の荒野に生じたその風こそ、ここではないどこかに「門」が通じたことの証左。カティの描いた魔法陣は今やふたつの異なる地点を繋ぐ架け橋となり、その橋を渡ってふたつの影が訪れる。分厚い鎧と金属のハンマーで武装したトロールのマルコと、背中に騎乗用の鞍を付けたグリフォンのライラが。

「――なんだよ、いい駒持ってんじゃん。なんでリーグで使わなかった？　それ」

鼻を鳴らしてティムが問う。魔力を大量に使った直後の脱力感に耐えながら、カティがそれに答える。

「……潜伏に向いてませんから、この子たち。最初から囮にする気で連れて行くのは嫌でした」

大地を踏み鳴らし、少女の両脇からトロールとグリフォンが進み出る。カティと彼らの間には使い魔の契約によって経路が通じており、こうした召喚はそれを一時的に拡張する形で行われる。もちろん相応に消耗は大きいが、大型の使い魔を現場に直接呼び出せる利点はそれを補って余りある。

「それと、ひとつ訂正してください。――駒なんかじゃありません。この子たちは、私の友達です」

鋭い爪を振り回して暴れる骨獣と、その足元を走り回るふたつの影。一方は監督役の上級生、もう一方は三年のロゼ＝ミストラルだ。彼らを追い回すことに敵が集中している間に、別の三人が爪の間合いの外から背骨を狙って呪文を叩き込む。ぐらりと揺れた骨獣の巨体に、本物のミストラルがにやりと笑った。

「――ヒャハッ！　可愛いねェ、かるーく騙されてくれて！」

「**打てよ風槌！**　……そっちのモードなんだ、今日は」

「素面のテンションでこんなおっかねェのと張り合えるかよ！　こちとらガキの頃はお袋の工房の骨格標本にもビクビクしてたんだぜ！　あー怖ェ怖ェ、毛布被って寝ちまいてェ！」

そう言いながら、敵を騙してのける分身の操作には少しの手落ちもない。これは助かると監督役の上級生も戦いながら思っていた。見た目の頭数が増えることで矢面に立つ彼女の負担は格段に減る。何より生身の後輩たちと違って、分身のほうは守る必要がないのだ。

大きく振り上げた尾が繰り出す薙ぎ払いの一撃。それを潜って躱した三年の女生徒が、カウンターの一閃で骨獣の尻尾を形成する骨を根元近くから斬り落とす。最大の武器である長い尾を失った骨獣を横目に眺めて、ジャスミン＝エイムズがぽつりと呟く。

「生体の時より手強いというわけではないようで。……自信は、ございませんが」

「強いぞミン！」「あたしらサイキョー！」

とどめに二発の炸裂呪文で背骨をへし折ると、エイムズの両脇に並ぶ形でチームメイトのふたりが誇らしげにポーズを決めた。が、勝鬨を上げる彼女らの背後で、監督役の上級生が崩れ落ちた骨獣を指さす。

「調子に乗ってるとこ悪いが、まだだぞ。……厄介なのはここからだ」

その指し示す先で、一度はばらばらになった無数の骨が再び組み上がっていく。へし折られた背骨はそのまま二本の支柱となり、エイムズが斬り落とした尻尾の骨とも組み合わさって、そこに二体の新たな骨獣が完成していた。エイムズの両脇のふたりがぎょっと目を丸くする。

「ファーッ⁉」「何それ！　ずるじゃんずるー！」

「……なるほど、骨が組み変わって別形態になると。これは確かに厄介でございますね」

四足で地を蹴って獲物に飛び掛かる骨獣。その苛烈な攻撃を、ロッシがのらりくらりと躱していた。手法としては決闘リーグ予選でテレサがやっていたことに近いが、本人のやる気のなさが透けて見える分、彼の動きはなおさら挑発的である。

「――あー、やる気出ぇへん。今のボクの胸の中、この骨よりもスッカスカや」

「まるで普段は中身が詰まっているとでも言いたげだな。――**爆ぜて砕けよ！**」

ながら空きの脇腹目掛けてオルブライトが呪文を放ち、直撃したそれが肋骨の一部を吹き飛ばす。が、本来なら背骨を狙えたタイミングだ。あえてそうしなかった仲間の意図を、囮の役目をロッシから引き継ぎながらアンドリューズが推し量る。

「……変形を見越して、あらかじめ骨を削っているわけか」

「生前の姿と比べて明らかに不要な骨が多すぎる。下手に仕留めて増えられても面倒だ」

「どうでもええ。ジブンらの好きにしてや」

頷き合って戦闘を続行する三人。そんな彼らの様子を離れた位置から見守る上級生――キーリギ＝アルブシューフは、開幕から今まで戦いに何ひとつ手を出していない。助言すら口にはせず、じっとりとした視線で後輩たちの動きを観察しているのみである。

「なんとも優秀な子たちばかりだ。ハァ、ハ――そそるじゃあないか」

女の舌がぬらりと唇を舐め、アンドリューズたちの背筋にぞっと寒気が走る。襲ってくる目の前の敵よりも、ただいるだけの背後の味方が恐ろしい――それが彼らの偽らざる本音だった。


それぞれの場所で同時多発的に起こった「入国審査」だが、初めてまともに戦う骨獣の観察に時間を取ったこともあり、決着が付いたのはどの班も似たようなタイミングだった。

三頭犬の骨獣を相手取ったオリバーたちの班。一度の変形と二度の破壊を経て、もはや完全に動かなくなったその骨の山を前に、レセディが腕を組んで軽く頷く。

「――初戦で十分余りか。上々だ」

　及第を告げられたオリバーが小さく胸を撫で下ろす。一方、こちらはすでに倒した敵から灰色の荒野へと視線を移して、ナナオがすんすんと鼻を鳴らした。

「……生命の匂いがしてござらん。が――その一方で、何がしかの営みの気配は強く感じ申す。不思議な場所にござるな」

「ほう、感じるか。確かにここは特別だ。もっとも――説明するよりは、肌で感じたほうが早いだろうな」

　そう言うなり、レセディは背嚢をどさりと地面に下ろす。蓋を開けてその中に手を突っ込み、何らかの頭蓋骨と見える白い塊を続けざまに四つ取り出した。背嚢の容量に対して明らかに出てきた物が大きいのは、圧縮の術式でそれらを魔法的に「折り畳んで」いたからだ。

「三人とも、まずはこれを被れ」

「むむ？　猿のしゃれこうべにござるか」

「魔猿の死骸を呪いで加工してある。先輩、これにどんな意味が――」

　頭蓋骨を受け取ったオリバーがレセディに視線を戻すと、彼女はすでに自分の頭に同じものをすっぽり被っていた。上下の顎の隙間から鋭い目つきが覗く。

「言っただろう？　ここは特別だと。墓場では死者よりも生者のほうが稀で目立つ。であれば、我々も死者のふりをしたほうが何かと楽だ」

その説明でなるほど、とオリバーも頷いた。森の中に緑と茶色の服を着て融け込むように、ここではこれが一種の環境迷彩なのだ。見た目はいささか奇異だが、そうすることで死霊に敵視されるリスクが減るのなら是非もない。

納得して頭蓋骨を被ったオリバーだが、ふいにその背中がつんつんと突かれる。何かと思って振り向くと、そこにはすでに骨を被ったナナオが、両手首から先を奇妙に下げた姿でべぇと舌を出していた。

「オリバー、オリバー。うらめしや～」

「な、なんだ？　何か俺が恨めしいことをしたか？」

「拙者の故郷では幽霊はこうして出るのでござる。うらめしや～」

「へぇ、そうなんだね。ぼくの地元ではどうだったかな？　うーん、木の実に交じってぶら下がってる生首になら会ったことがあるけど」

こちらも骨を被ったユーリィがさりげなく怖いことを言う。後輩たちが身支度を整えたのを確認して背嚢を背負い直し、レセディが肩をすくめる。

「まぁ、気休め程度のものだがな。魔法を使えば否応なく生者とバレるし、でなくとも高度な使い魔にこんな偽装は通用せん。……が、ここにはリヴァーモアが直接使役していない雑多な亡霊も多い。というよりもそちらが大半だ。要らぬ戦いを避けて通らないことには、魔力も体力もいくらあっても足りん」

つまりは隠密行動での探索(ハイドアンドシーク)。ここから先の方針をそう示した上で、レセディは先頭に立って灰色の荒野を歩き出す。オリバーたちもその後に続いた。

「ヤツを探すにも、まずは取っ掛かりが必要だな。さしあたり町を目指すか」

「町⁉」

思わぬ単語に、聞き間違えかとオリバーが問い返す。レセディが横顔でにやりと笑う。

「何を驚く。死人といえど人。人が集まって町を作らぬ法もあるまい？」

その言葉が比喩でも誇張でもないことを、カティたちの班が一足先に確認した。

「――な、なにこれ……」

灰色の荒野に忽然(こつぜん)と現れた「町」は、その入り口がそのままメインストリートに繋(つな)がっていた。道を練り歩く大勢の死者たちの両脇には屋台と露店が並び、それぞれに死者の店員が立って死者の客を呼び込み、その前では荷を満載した骨馬車が死者たちの間を縫って行き交う。入り口からその様子を眺めていたガイが頬を引きつらせる。

「……大賑(おおにぎ)わいだな。おれも混じりたいぜ。客と店員が全員ガイコツでさえなけりゃ」

「襲ってくる様子はないが、何なんだこいつら……。物を売り買いしてる、のか？　死人同士で……」

ピートが目を凝らして取引の様子を観察する。商っているのは形も大きさもまちまちな軽石や枯れ木で、客も対価に似たようなものを支払っている。死者たちの価値観は分からないまでも、売り買いされる物自体には意味がなさそうだった。ただ、それらが行き来することで行為そのものは成立している。

困惑する後輩たちの傍ら（かたわ）で、ティムがぽつりと口を開く。

「……死霊（アンデッド）ってのはな、いざ利用するとなると管理がけっこう大変なんだ。誰かにけしかけるだけなら怨念を煽（あお）ってやればいいけど、待機させる時は逆に情緒を安定させてやらなくちゃならない。それを怠ると呪詛（じゅそ）が暴走したり、逆に希薄になって他の個体に吸われたりする。数体くらいなら直接管理もしてやれる。けど、これだけ膨大な数を扱うとなると、専用の環境を拵（こしら）えなきゃまるで追っつかない。そのためにリヴァーモアの野郎は放棄区画を丸ごと改造しやがったんだ。死霊（アンデッド）どもがのんびり寛（くつろ）げる場所にな」

ピートが腕を組んで考え込む。確かに、それで目の前の「町」が作られた理由には説明が付いた。だが、もっと根本的なところに見過ごせない疑問が残る。カティがそれを口にする。

「……待ってください。じゃあ、この人たちはどこから来たんですか？　これだけ大勢の亡霊を、いくらあの先輩でも外から持ち込めるとは思えません。以前『冥府の合戦場』でも同じようなことを考えましたけど……」

生者がいなければ死者もまた存在しない。目の前の名も知らぬ死者たちも、はたまた合戦場で終わりなき戦を繰り返す骨の兵士たちも、かつてはカティたちと同じように「生きていた」はずなのだ。それが魔獣との決定的な違いである。

「率直に訊きます。どこの誰なんですか？　この人たちは」

横顔へまっすぐに問いをぶつけるカティ。死者たちの雑踏を見つめたまま、ティムは淡々と答える。

「そこまで考えたなら結論も出んだろ。――外から持ち込むのは無理。だったら答えはひとつ。元々ここにいたのさ、こいつらは」

「……死霊王朝の民……」

高台の上からカティたちが向き合うそれとはまた別の「町」を見下ろして、記憶の片隅から浮かび上がった単語をオリバーが口にする。その響きを耳で拾い、レセディが薄く笑った。

「感心だな。考古学まで守備範囲か？　ワイルドギースの名キャッチャーは」

「キンバリー創設前の歴史について断片的な知識があるだけです。……ただ、他に可能性が思い当たりません。迷宮はそもそも古代の魔法文明の遺跡でもありますから、そこにかつての住人がいるのは自然です」

目の前の光景の分析を続けるオリバー。一方、隣のユーリィは腕を組んで首をかしげる。

「んんー……？　でも、霊魂ってそんなに長く留まっていられるもんだっけ？　なんかこう、放っといたらそのうちどっかに昇っていっちゃうイメージだけど」

「原則はそれで間違いない。が、特に強い執念や術式に縛られている場合は話が別だ。……彼らはきっと後者だな。留まっているというよりも、逃れることが許されていない。生前の魔法契約が彼らの魂をここに括りつけている。……おそらくは、当時の魔法使いによって施されたものが」

「――不憫にござるな」

胸に湧いた感情を、持ち前の率直さでもってナナオが言葉にする。ともすればそれに心を重ねそうになる自分を、しかしオリバーは努めて固く戒めた。――過去の経緯がどうあれ、ここは今の自分たちにとって紛れもなく死地たりえる場所。同情で刃を鈍らせるわけにはいかない。そう自分に言い聞かせながら、葛藤を振り払うように口を動かす。

「……どの亡霊も長い年月の間に擦り切れて、自我はほとんど残っていないようだ。この町の様子にしても、生前の習慣を飯事のように繰り返しているだけだろう。……ただ、町並みは奇妙に新しいな。建築様式から見ても、そう古いものではなさそうだが……」

「ああ、あれらはリヴァーモアが死霊たちに造らせたものだ。ヤツが来るまで、ここはもっと惨憺たる有り様だったと聞く。自我を失うまで擦り切れて、それでもなお昇天できない亡者たちの吹き溜まりとしてな」

迷宮で生者から骨を奪い取る傍ら、ここでは長い時間をかけて死者たちの居場所を整えていった魔人。その姿を想像するほどに新たな疑念が湧いて、オリバーは腕を組んで考え込む。

「……目的が見えません。これだけの手間をかけて古の王国を死者で再現して、あの人は一体何がしたいと？　それは生徒の骨を奪った理由とも繋がっているのでしょうか？」

「さてな。そこまでは私にも分からんし、知る必要もない。何がヤツの目的にせよ、我々のするべきことはただひとつ。ゴッドフレイの骨の速やかな奪還だけだ」

後輩の疑問を切って捨てるレセディ。その割り切りは彼女の立場からすれば当然だが、オリバーのほうは少々都合が違う。リヴァーモアの目的が分からないことには、ユーリィの暴走もまた止められないからだ。

思案する少年の隣でレセディが「町」から視線を外し、ぐるりと周囲を見渡す。

「死霊どもに自我は残っていないと言ったが、全てがそうではない。厄介なのはむしろその例外どもでな。軽く千年を超えて残り続ける執念ともなれば、想像するだに強烈だろう？」

その言葉で、オリバーの意識は一気に引き戻された。侵入の直後に戦った骨獣などはほんの露払い、あれよりも遥かに手強い死霊が別にいる――レセディはそう告げているのだ。それも単体ではなく複数だと。

「それらが出た場合は必ず全員で対処。持て余すようなら近くの班と合流、もしくは一時撤退する。……が、そう頻繁に出くわすものでもない。生徒会とリヴァーモアの過去の小競り合いで、手強い個体は相当数仕留めてきたからな。いかにヤツでもそうそう補充は利かん」

「ふんふん……つまり、この『王国』はかなり広いけど、そのぜんぶを守らせるには強い駒が足りてないわけだ。だったらリヴァーモア先輩も大事な戦力は遊ばせない。きっと重要なところを選んで配置しますよね？」

怖いもの知らずのレイクが本質を見取って口にする。レセディがこくりと頷いた。

「説明の手間が省けて助かるな、お前たちは。――そういうことだ。理屈の上では『特に手強い死霊』を辿っていけばリヴァーモアに近付く。無論フェイクも配置されているだろうが、駒の数が有限である以上はそれもそうそう増やせん」

それは同時に、強力な死霊との戦闘がまず避けられないことも意味する。オリバーは深呼吸して覚悟を固めた。……ゴッドフレイならこうした現場は日常だったはず。その彼が今年で卒業するのだと思えば、来年から上級生になる自分が怖じ気付いてはいられない。

「手強い死霊を探して駆けずり回るのも一手だが、同じ目的ならもっと手っ取り早い方法がある。わざわざ『町』を見下ろせる高台に来たのもそのためだ。――何をするか分かるか？　ヒントをやると、ついこの間お前たち自身もやられたことだ」

その謎かけにはすぐ答えが思い当たり、オリバーは白杖を抜いて構える。その先端がぴたりと「町」の方向を向いたところで、ナナオとユーリィもピンと来た。彼らもそれぞれの白杖を手に狙いを揃える。

「……この距離の呪文攻撃には自信がありません。派手な光と音で釣り出すイメージでよろしいですか？」

「ははっ！　それで構わん、Ｍｓ．アスムスの真似事を強いる気はない。だが、実戦にはこうしたシチュエーションも有り得ると憶えておけ。これも私からのレッスンだ」

　後輩たちを指導しつつ、レセディもまた白杖で狙いを据える。ただでさえ鋭い両目がさらに細められ、そこに猛禽の如き眼光を宿す。

「おそらくすぐに反応がある。どの方向から、どれほどの時間差で現れるかを正確に計っておけ。――**岩砕き　爆ぜて散れ！**」

「「**岩砕き　爆ぜて散れ！**」」

　強力な死霊を釣り出すために、カティたちの班もまた「町」への魔法攻撃を実行していた。計四発の炸裂魔法が飛んでいく様を見届けることなく、ティムが後輩たちを促して動き出す。

「――おら、ぼさぼさすんな！　さっさと移動するぞ！　狙撃の鉄則だ！」

「ううっ、ごめんなさい……！　穏やかに暮らしてただけなのに……！」

「のんきに罪悪感覚えてる場合か！　下手すりゃおれたちもガイコツの仲間入りだぞ！」

　ぐずるカティの背中をガイの言葉が叩く。確かに気持ちのいい方法ではないが、ここがリヴアーモアの領土である以上、あの「町」の死霊（アンデッド）たちも彼らにとっては潜在的な敵と言える。半端（はんぱ）に手心を加えている場合ではない。カティもうなずいて走り続けた。

「——何か、来る」

が、次の潜伏場所への移動中、眼鏡の少年がふと明後日（あさって）の方向を見つめて声を上げた。カティとガイには何も感じられなかったが、女性体のピートは魔力に対する感知の精度が向上する傾向がある。その感覚の正しさを示すように、数秒遅れてティムが足を止めた。

「この肌にチクチクくる気配は……ははっ、引きがいいなお前ら。とびきりのがお出ましだぞ」

彼がそう言った直後、残るふたりも迫りくる魔力の圧に気付いた。四人が視線を向けた先の地平線で土煙が巻き上がり始め、やがてそこに二十頭余りの骨馬が姿を現す。その全てが死霊（アンデッド）の跨（また）る骨騎兵だったが、とりわけ先頭を走る一騎にティムの視線が集中する。

他の骨兵たちよりも五割増しで大きい体格。風化しながら今なお将の風格を残す板金鎧（プレートアーマー）と、その手に握る長大な斧槍（ふそう）。兜（かぶと）を被（かぶ）った頭蓋骨の眼窩（がんか）には、死してなお消えぬ炎が燃えている。悠久の時を越えてきた戦いへの執念が。

「ありがとよ、僕が参加してる初日に顔見せてくれて。……四年の時に仕留め損なったのがずっと心残りだった。これでスッキリして引き継げるってもんだ——！」

ティムが嬉々（きき）として腰のポーチを開け放つ。やる気満々の〈毒殺魔〉から大きく距離を置きながら、迫る脅威を迎え撃つべく、カティ、ガイ、ピートの三人も杖剣を抜いた。

一方、先に同様の釣り出しを行ったオリバーたち。射撃地点から移動した上で砂の中に潜伏していた彼らだが、ほどなくその上空に、群れなす骨の鳥たちと共に「何か」が姿を現した。これまでの骨獣たちとは明らかに様子が違う。大型の骨鳥の鉤爪に肩を掴まれて地上を睥睨する黒衣の影。体の二か所から生え伸びた蛇と、人ならば目鼻があるべき場所に黒々と渦巻くその無貌に、オリバーのうなじがぞくりと粟立つ。

「……無貌の古人……！」

「そう呼ばれるものだ。古の魔法使いの成れの果てとも言われるが、本当のところは分からん。このような遺跡を彷徨っていることもあれば、異界から『渡り』として現れることもあるという。正確な分類を含めて、未だに謎の多い存在だな」

レセディが説明を加える。オリバーとしては一年の頃、ダリウスを討つ直前に目撃して以来の相手だ。いずれ迷宮で遭遇する可能性は考慮していたが、まさか使い魔として使役し得る存在だとは思わなかった。サイラス＝リヴァーモアの魔法使いとしての格の高さが窺える。

「が、倒し方ならよく知っている。あの個体は初見だが、お前たちに一から十まで対処を教え込むのにはかえって適当だろう。……まずは二節の炸裂魔法で骨鳥どもを撃墜する。初撃は私の呪文に合わせろ」

その言葉に三人が頷(うなず)き、オリバーはこれから攻撃を仕掛ける相手の戦力を見積もる。……無貌(ザッハーク)の古人を運んでいる個体を含めて、大型の骨鳥は五羽(わ)。小型〜中型は大まかに数えて百二十羽ほど。これらはさほど手強(てごわ)い相手には見えないが、骨鳥同士が組み合わさって強敵に変じる可能性はじゅうぶんにある。無貌(ザッハーク)の古人に集中するためにも、初撃でなるべく多くの取り巻きを仕留める必要がある。

「強敵と戦う場合のレッスン1。——仕掛ける前に必ず、新手が介入してくる可能性を予想しろ。その上で時間制限を設ける。今ならざっと五分。『町』から死霊(アンデッド)どもが押し寄せてきても、それまでに戦闘を打ち切れば余裕をもって撤退できる」

上空を行く骨鳥たちが呪文の射程距離へと迫り、その間もレセディは指導を続ける。敵の索敵範囲を予想して「町」からはある程度の距離を置いてあるので、新手が参戦してくるまでには多少の猶予がある。その上で五分以内に倒せなければ即撤退。勝率よりも生還率の高さを重視した段取りだと理解しつつ、オリバーたちも砂の中で杖剣(じょうけん)を構える。

「続けてレッスン2。——先手は必ずもぎ取れ。**岩砕き(マグヌス)　爆ぜて散れ(フラルゴ)！**」

「「「**岩砕き(マグヌス)　爆ぜて散れ(フラルゴ)！**」」」

上空へ向かって放たれる四発の炸裂(さくれつ)魔法。同時に無貌(ザッハーク)の古人たちも四人の存在に気付くが、そのタイミングからでは回避が間に合わない。広範囲の爆発が多数の骨鳥たちを巻き込み、それによって翼を砕かれた大型個体もろとも無貌(ザッハーク)の古人が落下を始める。

「よし、陣を起こせ！　後に散開して対空射撃継続！」

すかさず落下地点へ向かってレセディが駆けた。同時にオリバー、ナナオ、ユーリィが地面の三か所へ杖剣(じょうけん)を向けて呪文を詠唱——あらかじめ敷いてあった魔法陣を発動させ、落ちてきた無貌(ザッハーク)の古人とレセディを含む一帯を半円状の結界で囲った。そこまで強固な結界ではないが、オリバーたちの対空射撃と合わせれば骨鳥たちを一時的に退けるにはじゅうぶん。何より肝心なのはレセディの戦いを邪魔させないことだ。

降下してくる骨鳥たちを撃ち落としながら、三人は彼女の戦いへと意識の一部を向けた。言うまでもなく、レセディ＝イングウェによる戦いの実演はここからが本番だ。

「**吹けよ疾風(インペトゥス)！**　——シィィィアアアッ！」

レセディの初手は起風呪文。が——フェイントを兼ねてはいても、それは敵を狙ったものではない。駆けていく空間に気流を生み出し、自らそれに乗ることで敵の予想を裏切る加速と方向転換をしてのける。着地直後で体勢の不十分な無貌(ザッハーク)の古人へと彼女の回し蹴りが横ざまに打ち付けた。とっさに黒い障壁を展開して防ごうとする敵だが、レセディの蹴りはそれを貫いて肩口に直撃。吹っ飛んでいく無貌(ザッハーク)の古人を追って駆け、彼女がなおも口を開く。

「レッスン3。立て直しを許すな！　一度取った主導権は最後まで握り続けろ！」

その言葉通り、無貌(ザッハーク)の古人が身を起こす前に立て続けの蹴撃を浴びせる。一見して荒っぽい乱打だが、巧みに織り交ぜられた崩しの足払いが敵の体勢を徹底して安定させない。それでいて右手の杖剣は隙あらば急所を狙い、今もその刃が無貌の古人の首筋を浅く抉っていく。

「撃ち合いも斬り合いも付き合うな！　ひたすら一方的に押し潰せ！　初撃から派生する『詰め』のパターンを最低三通りは用意しろ！」

「……っ！」

オリバーが固唾を呑んだ。――恐ろしいまでに実戦的な教えだ。魔法剣の常識など至るところで無視していながら、勝敗を分ける要の部分だけは決して揺るがずに押さえている。セオリーの意味を正しく理解した上で、自分の技術や状況に応じて柔軟にそれを破っているのだ。

「成ってござるな」

独特の言い回しでナナオが呟く。が、オリバーにもそのニュアンスは酌み取れた。それは即ち、セオリーの外に自分の流儀を見出して磨き上げているということ。ロッシが彼女に教えを乞うた理由が、ここに来てオリバーにも痛いほどに分かった。

「シィッ！」

頭部への飛び後ろ回し蹴りを無貌の古人が身を屈めて躱す。あえて大振りに繰り出した一撃の後を追う形で、逆手に握った杖剣が無貌の古人の左腕を付け根から斬り飛ばした。それを目にしたオリバーがうっと唸って顔を引きつらせる。……蹴りのモーションに動きを隠して斬り上げるため、確かにあれは極めて避けにくい。が、そもそも杖を逆手に握るのは一般的に降参の合図だ。いわゆる初見殺しの「裏技」としていくつかの流派には伝わるが、彼女の場合はそんな意識すらないだろう。単に「使える」技を使っているだけだ。

　腕一本の戦果をじゅうぶんと見てか、レセディの一方的な攻勢はそこでようやく終わった。杖剣を順手に持ち替えつつ敵から間合いを取り、彼女は背後の後輩たちへ声を投げる。

「――見たな？　これが機先を制するということだ。お前たちが落とした骨鳥どもの分、そして私が斬り落とした腕一本分――スタート地点ですでに明確な差が付いた」

　明らかな結果には三人もただ頷くしかない。彼女の語るそれは書物から得た知識ではなく、自分自身が数え切れない死線を掻い潜る中で培われたメソッドなのだ。

「本戦の試合から強く感じたが、お前たちには戦いを楽しみ過ぎるクセがある。実戦の理想は『敵に何もさせない』ことだ。その意味では他の三チームの戦略を私は評価しているぞ」

「むぅ。如何にも、兵法の正道にござるな」

　感服して頷くナナオ。彼女らの前で無貌の古人と睨み合う傍ら、レセディがちらりと上空へ目を向ける。……呪文攻撃に牽制されてか、残りの骨鳥たちは上空を旋回して降下してくる様子がない。まさか撃墜を恐れているわけでもないだろうが、力押しでは結界を突破できないと判断して好機を待っているのかもしれない。多少の不気味さは残るが、少なくとも無貌の古人との分断はまだしばらく維持できる。そう考えたレセディがレッスンを次のステップへ移す。

「よし、交代だ。戦力を削いだことで、あれも今ならお前たちの練習相手に丁度いい。時間いっぱい戦って感触を掴(つか)め。危うくなれば私が割り込んで――」

「堂に入った教師ぶりだな、〈撲殺魔(ノッカー)〉」

後輩たちと入れ替わりで結界の外へ出ようとした彼女に、目の前から予期せぬ声が響いた。オリバーがぎょっとして目を凝らす。……無貌の古人(ザッハーク)の顔に口と呼べる部位はない。だが、聞き覚えのある低い男の声は、その顔面の真っ暗な洞を通して放たれていた。自らに語りかけるそれに、レセディが眉根を寄せて応じる。

「……リヴァーモアか。驚いたぞ、まさかこの段階で言葉を交わす気があるとは」

「くははは――何、余りに微笑(ほほえ)ましくてな。あの〈血塗れ(ブラッディ)〉カーリーと校内で並び称された狂犬が、いつの間にかずいぶんと立派な先輩面を身に付けたものだ」

「私に嫌味を垂れるのが目的か？　ならば無意味だ。早々に打ち切るぞ」

レセディが冷たく突き放す。対照的に、闇の奥で魔人がくつくつと含み笑う。

「安心しろ、そちらはついでだ。せっかくの指導に水を差すのでな。一言断っておいたまで。
変じ象れ(ディフォルマテイオ)」

呪文が唱えられた直後、四人の前で無貌の古人(ザッハーク)の全身がめきめきと音を立てて変形し始めた。骨格から組み変わって新たな腕すら生え伸びるその様に、レセディがぎり、と歯軋(はぎし)りする。

「呆(あき)れたぞ。貴様――ついに無貌の古人(ザッハーク)まで組み替えたのか」

「最高学年の沽券(こけん)というやつでな。いつまでも在り物を使っていては後輩に示しが付かん」

ほどなく変形が終わり、体格から魔力までまったく別の脅威となった無貌の古人が そこに佇む。魔人の言葉はなおも続く。

「無貌の古人もまた古代の死霊術の産物だ。あるいは出来損ないの延命術と言い換えてもいいだろうが――まぁ、詳しいところは後で提出する論文を読むといい。お前たちが生きて校舎に戻れればだが」

リヴァーモアの声がそれで途切れた。レセディが無貌の古人を睨んで油断なく構える。

「……状況が変わった、三人とも援護に回れ。未知の敵はリスクの最たるもの。常に最大の警戒をもって当たらねばならん」

「承知」「残念。面白そうなのに」

ナナオとユーリィも頷いて新たな敵と向き合う。と、ザッハークの背中から青ざめた光が漏れ出し、一抱えほどの球体となって背後に浮かんだ。

「……光球を浮かべた……？」

一年の頃にコーンウォリスが浮かべた仮初の月に似ている。じっと観察するオリバーだが、何らかの攻撃性能を持っているようには見えない。訝しむ彼の眼前で、浮かんだ光球は音もなく無貌の古人の背後を移動し、

「下だ！」

その光が生み出した無貌の古人の影が、すぅと四人の足元へと伸びてくる。その瞬間にレセ

ディが警告し、オリバーたちもまた即応して飛び退いた。途端に影の中からいくつもの刃が槍衾となって突き出す。脅威の正体を看破したレセディが声を上げる。

「影渡り（シャドウクロール）か！　気を付けろ、影を通って襲ってくるぞ！」

「光を当てたらどうかな？　**白く照らせ（ルーミナ）**！」

　直感的に対応するユーリィ。白い光が地面を照らし、迫っていた影がそれで打ち消される。

「単純だが有効のようだな。なら四方向から取り囲んで——」

　対処を打ち出しかけるレセディ。が、その瞬間から光球が無数に分裂して上空へと昇っていき、高い位置で再び合流。その下に回り込んだ骨鳥たちが地面に無数の影を落とす。

「——そう簡単なはずもないか。やってくれるな、リヴァーモアめ」

　地面を行き交う無数の影を見下ろしてレセディが舌打ちする。が、その瞬間にはもう彼女の決断は終わっていた。呪文の光で影を押し返しながらレセディが告げる。

「……レッスン4！　リスクが許容値を越えれば即離脱！　生還できれば何度でもチャンスはある！」

「了解、退路を確保します！　——**白く照らせ（ルーミナ）**！」

　先頭に立って走り出したオリバーの杖剣が背後へ光を放ち、影が入り込めないその範囲を走る形でユーリィ、ナナオが後に続く。最後尾はレセディが務めて迫るザッハークを呪文で牽制し、相手との距離が開いた瞬間を狙って四人全員が箒に跨った。そうして空を飛んで撤退しつつ、レセディは急速に遠ざかる無貌(ザッハーク)の古人の姿を横目で睨(にら)む。

「迎撃が想定よりも激しい。この分だと、他の班も今頃――」

「――おいおい、何だそりゃ」

ポーチから次の毒瓶を取り出しかけた姿勢のままティムが止まる。彼とカティたちの眼前に立つ武将を中核に、倒されずに残っていた骨騎兵たちが一斉に合流――否、合体し始めていた。骨馬たちの強靭(きょうじん)な脚はそのままに無数の骨で御者台が形成され、そこに骨格ごと融合した武将の上半身が載る。側面に備えた長大な骨の刃は、突撃に対して左右へ逃げた獲物を逃さず刈り取るためのもの。その姿はもはや騎兵ですらない、異形の戦車(チャリオット)だ。

「ちょっと見ないうちに芸風変わり過ぎだろお前。……おっかしいな。新しいこと覚えんの、死霊(アンデッド)はめちゃくちゃ苦手なはずなんだけど――」

「ＧＹＵＡＡＡＡＡＡＡＡＡＡＡＡ！」

武将の雄叫(おたけ)びと共に戦車(チャリオット)が前進を始める。カティ、ガイ、ピートを庇(かば)ってマルコが前衛に立つが、いくら武装したトロールでもあの突撃を受ければただでは済まない。上空から襲い掛かったグリフォンのライラも武将が振り回す斧槍(ふそう)に牽制(けんせい)される。さすがに後輩たちの手には余る――そう判断したティムが単身飛び出して敵の注意を引き付けようとし、

「聳え立ち(マグヌス)　阻み遮れ(クリペウス)！」

横合いから放たれた呪文が彼の前方の地面に命中し、そこに隆起した岩山が戦車(チャリオット)の突進(チャージ)を食い止めた。ティムが驚いて目を向けた先に、ひとりの七年生が杖剣(じょうけん)を構えて立つ。

「……統制された怨霊(おんりょう)の群体か。少し見ない間に、リヴァーモアはまたひとつ死霊術(ネクロマンシー)を深化させたようだな」

グウィン＝シャーウッドが落ち着いた声で呟(つぶや)く。その背後から新たに四人が現れ、一直線にカティたちのもとへ駆け寄っていく。

「大丈夫ですか、四人とも！」

「シェラ⁉」

カティがぱっと顔を輝かせる。シャノン＝シャーウッドと行動を共にする形で、シェラ、ステイシー、フェイの三人がそこにいた。シャノンは根本的に戦いに向かないため、この班だけは兄妹(きょうだい)ふたりで監督役を受け持っている。突然現れた仲間の姿にティムが首をかしげた。

「ああ？　なんでここに来てんだお前ら。合流はもっと後の予定だろ」

「早めたほうがいいと判断した。ここには聞き覚えのない音が多すぎる」

呪文を重ねて戦車(チャリオット)の足止めを続けつつ、グウィンが端的にそう答える。その一方で、妹のシャノンは後輩たちを庇(かば)って前に立つ。

「……わたしの後ろに、いて。大丈夫。ちゃんと守る、から」

「いいえ、結構」

が、そんな彼女の両隣を抜けて、ステイシーとフェイが自ら前に踏み出した。杖剣を手に、少女は毅然と敵を睨む。

「監督してくれるのはありがたいですけど、保護してくれとは言っていません。……今なら人数も揃ってます。放っておくにはうるさすぎるし、倒しますよね、これ」

言ってのけた彼女の隣で従者の少年がふっと微笑んだ。彼にステイシーは淡々と命じる。

「フェイ、引っ掻き回して。私とシェラが大弾当てるから」

「任せろ」

頷いたフェイの前でステイシーが杖剣を高く掲げ、そのまま呪文を口にした。

「**三日月よ浮かべ**」

詠唱を経て彼女の頭上に浮かんだのは、三日月の形をした青白い光源。それを直視したフェイの体に変化が起こった。下半身の筋骨がめきめきと拡張し、ブーツを内側から貫いて鋭い爪が生え伸び、毛髪が逆立ち牙が口から覗き――そこで止まる。否、止める。

「……フウウウウ……」

部分的に変身した状態で、深い呼吸を繰り返して自らを律する少年。その姿にティムが唸る。

「人狼体の段階変化か。……試合で見せた時にも驚いたけど、改めて見ても目ぇ疑うな。呪文を使えるままってなると、ほとんど前例ないはずだぞ、それ」

「……痛くありませんか？　Mr.ウィロック」

シェラが後ろから気遣う声を上げる。それを聞いたフェイが、普段よりもいくらか野性味の増した顔でにっと笑う。

「痛くない、と言えば嘘になります。が——それ以上に誇らしい。番犬とはそういうものです、Ms.マクファーレン」

本人の覚悟と想いの程を示す、それは余りにも清々しい返答。シェラがこくりと頷いて彼らの隣に並び立つと、後輩たちのその様子にグウィンが鼻を鳴らし、

「止めるのは野暮のようだな。……いいだろう、ここで倒しにいく。だが決して先走るな。後輩にうっかり死なれるとシャノンが泣くぞ」

冗談めいたことを真顔で言ってのける。三人が横目でそっと本人の顔を窺うと、そこには兄の言葉に違わず、今にも泣き出しそうに目を潤ませたシャノンの顔がある。

「……無理、しないで……」

「……あー、あーもう、分かった！　分かりました！　無茶はしませんから！」

根負けしたようにステイシーが約束し、同時にフェイが大幅に強化された脚力で地を蹴った。その機動力でもって戦車の注意を引き始めた彼の姿が、否応なくカティ、ガイ、ピートの闘志までも掻き立てる。

「おれたちも負けてらんねぇな。……さて。そんでどうするよ、このデカブツ」

「もちろん頑張るけど、マルコとライラに無理はさせないよ。もう結構怪我させたし」

「ウ？　おレ、げンキダぞ、カティ」

「KYOOOOOOOOOOOOO！」

　気遣われたマルコが声を上げ、上空のライラも声を揃えるように勇ましく吼える。ティムがにやりと笑い、その左手にひときわ大きい毒瓶を鷲掴みにした。

「やる気があんのはいいことだ。んじゃま、いっちょブチ殺すか！」


　形態変化した無貌の古人との戦闘を打ち切って離脱した後、レセディたちはそのまま十分以上も箒で上空を飛び続けていた。さすがにこれは堂々と動きすぎに思えて、前を行く先輩の背中にオリバーが声をかける。

「――大丈夫ですか？　もうずいぶん飛び続けていますが」

「構わん、どうせ一度捕捉された後だ。地上で潜伏し直す前に上空からひと通り地形を見ておく。以前に来た時とは違っているところが多いようだからな」

　レセディが迷わず答えた。この広大な地形を徒歩で歩き回っていては時間がいくらあっても足りないので、その方針は理に適う。オリバーが気にしているのは敵側の備えだった。この状況下であの魔人が防空の準備を怠るはずがないのだ。

彼が周囲を警戒する傍らで、ナナオはまた別の要素に気を向けていた。自らが跨った箒をじっと見下ろしつつ、東方の少女が声を上げる。

「……いつもより天津風の速度が伸びぬ。ここはあまり空気が良くないようでござるな」

「そうだな。大気中の魔素は濃いが、その質が余りにも『停滞』に偏っている。死霊どもには良くても、我々や箒が取り込む空気としては向かない。魔力と体力の消耗に注意しろ」

後輩の気付きにレセディが解説を加える。指示は常にシンプルで的確、質問に対しても明快に即答、そして何よりも生還への徹底した拘り――彼女の監督役としての優秀さは疑う余地がない。だからこそオリバーたちも信頼して舵取りを預けられる。

「だが、その点を込みにしても、箒の機動力はここでじゅうぶんに有効だ。死霊は箒に乗れんからな。これに匹敵する速度で飛行できるのは、リヴァーモアの骨獣の中でもほんの一握り。その連中にさえ気を付ければ――」

大胆な飛行の根拠を述べていたレセディがそこで言葉を止める。その理由は他の三人にもすぐに分かった。彼らが箒で飛んでいく先に、同じ高度を飛行する三つの影が現れたからだ。

「――噂をすれば、だな。翼竜骨どもが迎撃に出てきた。魔法空戦のレッスンを始めるぞ！」

宣言したレセディが一気に加速し、オリバーたち三人もその後に続く。――空戦で翼竜とやり合うのは初めてだが、立ち回りの基本は心得ている。第一が即死しかねない吐息を食らわないこと、第二がそれを過度に意識して速度を落としてしまわないこと。どつき棒が無くとも死霊が相手でも空戦の基本は変わらない。空中機動で相手を上回れば勝利は自ずと付いてくるはずだ。こちらの頭数が敵に上回っているのも大きい。

互いに道を譲る気がないため、最初の一合は自ずと正面戦になる。この結果で趨勢が決まることもある重要な一瞬だ。翼竜たちが吐息もしくは噛み付きで相手を落としにかかるのに対して、オリバーたちはそれらを無駄のない軌道で回避、同時にカウンターの呪文攻撃を狙う。狙うのは強靭な胴体ではなく貫きやすい翼膜が定石。そうしたセオリーを知り尽くすレセディが先頭を飛ぶ敵と最初にかち合い、

「――む!?」

噛み付きを危なげなく躱してのすり抜け様、翼竜の背中から振るわれた刃が彼女を襲った。とっさに杖剣を盾にして受けるレセディだが、斬撃に押し込まれた分だけ空中機動が揺らぐ。別の翼竜とすれ違ったオリバーがその光景にひやりとする。

「イングウェ先輩!」「大丈夫ですかー!」

「……ッ、問題ない！　敵から目を離すなッ！」

乱れた飛行をすぐさま修正して飛び続けるレセディ。その様子に安堵する間もなく、オリバーたちの目は彼女へ予想外の一撃を見舞った相手を捉えた。即ち、翼竜骨の背中で長大な剣槍を構えた三面六臂の骨武者の異形を。

「「「SYURAAAAAAAAAAAAAA!」」」

悍(おぞ)ましい咆哮(ほうこう)を上げて二体の翼竜骨(ワイバーン)と共に滑空したそれが、加速の後に弧を描いて再び上昇し始めた。横目でその姿を眺めたレセディが舌打ちする。

「死霊竜騎兵(アンデッドドラグーン)だと？　リヴァーモアめ、また面倒な隠し玉を……！」

「拙者の出番にござるな！」

役割を見て取ったナナオが箒(ほうき)の速度を上げて先行する。レセディがその背中に声を飛ばす。

「待て、ヒビヤ！　相手の得手に付き合うのは――」

「やらせましょう！　空(ここ)はナナオの領域です、イングウェ先輩！」

制止に被(かぶ)せてオリバーが主張する。その意見を受けて、レセディはちらりと地上へ視線を落とした。――下は起伏に乏しい平らな荒れ地。戦場をそちらに移したところで、遮蔽物を利用した立ち回りは望めない。

「降りても面倒は一緒か。……よし、あの竜騎兵(ドラグーン)はヒビヤに任せる！　ホーン、お前は速度を保ちながらヒビヤの状況を注視！　レイク、我々は他二体の竜どもの相手だ！　ヒビヤの戦いを邪魔させない形で交戦、速やかに落とすぞ！」

「承知しました！」「わっかりー！」

それぞれの分担を決めた上で動き出す四人。高度を取り直してターンした後、レセディとユーリィが翼竜(ワイバーン)二体へ呪文を撃って注意を引く。それに応じる形で二頭が散開したためナナオと竜騎兵(ドラグーン)の一対一が成立した。二度目の激突を前に、翼竜(ワイバーン)の顎骨から黒い煙が漏れ出す。

「むぅ！」

それを吐息の前兆と見抜き、ナナオが咄嗟に左下へ舵を切る。同時に翼竜の口が大きく開き、そこから黒々とした瘴気が噴き出して空中を染め上げた。後方のオリバーが固唾を呑む。死霊と化しているため吐息の属性も生前とは変わっているが、浴びればただでは済まないのは同じこと。躱しきれない瘴気の余波をナナオが刀にまとった対抗属性で相殺し、

「「「ＳＹＵＲＡＡＡＡＡＡＡＡＡＡＡＡＡ！」」」

その瞬間すら狙って、竜上の骨武者が長大な剣槍を振り回す。瘴気に隠れながら襲ってきた斬撃をとっさに身体を傾けて躱し、今度こそナナオは激突を切り抜けた。わずかに掠めた瘴気で肌がぴりぴりと痛むのを感じながら、ナナオはふむと鼻を鳴らす。

「あの吐息が曲者にござるな。さて、どう切り崩したものか」

難題だった。吐息を避けるために大きく軌道を曲げれば飛行に無理が生じて速度が落ちる。対抗属性で相殺することは可能だが、そうして吐息の中に突っ込むと、今度は視界の悪い状態で骨武者の剣槍に襲われる。刀一本でふたつの攻撃に対処するのは容易ではなく、その方法を考える間にも双方のターンは終わり、また次の激突が迫る。

「――フゥッ！」

接近と共に骨の顎から放たれる吐息。それを相殺しざまにピッチを下げて、ナナオは死霊竜騎兵の真下へと向かう。骨武者の騎乗位置からして、どう剣槍を振っても翼竜の腹の下に

は届かないと見て取ったのだ。が、

「「「ＳＹＵＲＡＡＡ！」」」

瘴気の帳を抜けた瞬間、逆さまの骨武者の顔と共に剣槍の一撃が彼女を襲った。刀でとっさに受け流すも、大きく弾かれたことで少なからず速度を損失する。１８０度の回転で上下を反転して潜り込みに対応してきた敵に、飛行の軌道を修正しつつ東方の少女が感服する。

「——読まれ申したか。これは一筋縄では参らぬ」

「勝負を急ぐな！　ヒビヤ、お前の悪いクセだ！　何のために仲間のサポートがある⁉」

同じ空で戦うレセディから叱咤の声が飛んだ。それを受けたナナオが戦い方を省みる。

「確かに。今のは甚だ拙速にござったな」

ぽつりと呟く。速やかに仕留めて他の援護へ向かわねば——少ない戦力で負け戦を耐え凌いだ故郷での経験から、彼女にはそうした心構えが染み付いていた。が、今はすでに状況が違う。これは頼める仲間と共に勝ちを獲りに行く戦なのだと思い出し、

「——然らば。三手詰めにて仕る」

自らを縛っていた無意識の枷を外す。次の激突に備えて、彼女は再び速度を得ていく。

「……そうだ、ナナオ。それでいい」

上空を見上げてオリバーが頷く。然るべき戦い方を始めた相棒の姿をそこに見つめて。

「読み合いで紙一重の勝利を掴まなくてもいい。そんな必要は最初からない。——君はこの空

で、誰よりも速いんだ」

そこから先の展開はほとんど彼の読み通りだった。二度の激突を経て速度差が大きく開き、その一部を高度へと変換した上で、ナナオは満を持して死霊竜騎兵へと上方から斬り下ろす。腹の下へ潜り込もうとした先ほどとは真逆の位置関係であり、その理由は至ってシンプルだ。高速飛行中に真上へ向けて吐息(ブレス)は吐けず、強引に回転(ロール)すれば今度は剣槍(グレイプ)が届かない。

「ＳＹＵＲＡＡＡＡＡＡＡＡＡＡＡ！」

真っ向から打ち合うにも速度差があり過ぎる。不利を見て取った骨武者が剣槍(グレイプ)を手放し、腰から新たな得物を抜いて六本の手にそれぞれ構えた。刃が大きく湾曲した鎌剣(ハルパー)だ。もはや打ち合うための武器ではなく、相打ち前提で相手を引っかける狙いである。が、

「**薙(いん)げよ風槌(べとうす)！**」

行く手に待ち構える六本の刃全てを、強烈な風をまとったナナオの一刀が悉(ことごと)く薙(な)ぎ払(はら)った。骨武者から翼の背骨まで一息に両断されて、死霊竜騎兵(アンデッドドラグーン)が真っ逆さまに墜落を始める。

「よくやった！　このまま残りを仕留めるぞ！」

レセディが声を上げる。ナナオが手強(てごわ)い竜騎兵(ドラグーン)を落としたことで残る敵は翼竜骨(ワイバーン)二頭のみとなり、一頭ずつをふたり掛かりで攻略するのに大きな苦労はなかった。順当に二頭を仕留め終えると、すぐさまレセディは箒(ほうき)を地上へ向けて下降し始める。

「あれ？　ここで降りちゃうんですか？」

「あの竜騎兵が気になる。さっきの影を操る個体もそうだが、死霊術の常識をいくつも覆していた。残骸から何か見て取れるかもしれん」

四人が数十分ぶりに地上へ戻れば、最初に落とした竜騎兵は落下の衝撃によって半ば崩れた状態で沈黙していた。が——レセディが杖剣を構えつつ慎重に近寄ると、ナナオによって本体から切り離された三面六臂の骨兵の一部が、折れた鎌剣を手に骨の足りない体で動き出す。すぐさまレセディが蹴り砕き、彼女はそのまま残骸の観察を始めた。

「……やはり、単に乗っていたわけではない。翼竜骨と骨兵の骨格が背骨で連結している。オフィーリアの合成獣を彷彿とさせるが……」

他の三人も考え込む。骨武者は翼竜に「乗っていた」のではなく、その背骨と接合する形で「生えていた」のだ。もちろん最初からこのような生き物であったはずはない。

「……これは……」

翼竜部分の骨格を解体していったレセディが、生前なら心臓があっただろう部位に奇妙な骨の瘤を見つけた。杖剣で割り開くと、その中からこれまた小指の先ほどの骨片が現れる。杖の先に浮かべたそれを四人がじっと観察した。

「……翼竜のものでも無貌の古人のものでもない。明らかに人骨、それも比較的新しいものだ。これが何らかの術式の核になっていたと見える」

「人骨？　じゃあひょっとして」

「残念だが、部位からしてゴッドフレイのものではない。……魔力の手触りに覚えがある。おそらくはリヴァーモア自身の骨だろう。これがどう働いていたのかまでは分からんが……」

しばらく観察した後、彼女はその骨片を呪符でぐるぐる巻きにしてポケットに仕舞い込んだ。四人の誰も死霊術（ネクロマンシー）を深く学んでいないので、今の時点でこれ以上の分析は出来ない。気持ちを切り替えたレセディが次の行動へ移る。

「何にせよ、短い時間に戦闘を重ね過ぎた。疲れが戦力へ響いてくる前に休息を取る必要がある。――他の班が確保している拠点へ向かうぞ」

一度潜伏し直してから地上を進むこと二時間、オリバーたちは無事に目的地の前線拠点へと辿（たど）り着（つ）いた。迷彩偽装が施された入り口を抜けて地下に潜っていくと、その先でよく知ったトロールの巨体に出迎えられる。

「マルコ。貴殿が門番にござるか」「カティの召喚で来たんだな。怪我（けが）はしてないか？」

「ン。ナナオ、オリバーも、ブじデよカッタ」

言葉を交わしたふたりが順番にマルコとハグをする。と、そこに駆けてくる足音が響き、振り向いたオリバーの体へシャノンが勢いよく抱き着いた。

「ノル！」

「ね、従姉さん……！　だから、人前でいきなり抱き着くのは……！」

「ふーん。人前じゃなきゃいいんだ」

従姉とは真逆の冷ややかな声がオリバーの耳を打つ。シャノンの胸に無抵抗で抱きしめられたまま、腕を組んで自分を睨む巻き毛の少女の姿を、彼はそこに見つけた。

「カティ……」

「ナナオ、Mr.レイク、イングウェ先輩、お疲れ様です。今お茶淹れてますけど、オリバーはいらないよね。もうじゅうぶんお従姉さんに労ってもらったみたいだから」

唇を尖らせて一方的にそう告げると、ぷいと目を逸らして足取りも荒く歩き去っていく。従姉の腕の中で途方に暮れるオリバーの前に、カティと入れ替わりで三人の友人が歩いてきた。

「安心しろ。ああ言ってちゃんとおまえの分も用意してっから」

「ガイ、シェラ、ピート……」

「Ms.シャーウッドに対しては妙に張り合いたがるところがありますわね、カティは。日頃からお世話になっている方なのですが」

シェラが困ったように微笑み、ピートが肩をすくめて鼻を鳴らす。どうにか従姉に離れてもらおうと四苦八苦するオリバーの肩を、レセディの手が背後から鷲掴みにする。

「ホーン、レッスンに重大な補足だ。現場に痴情の縺れを持ち込むな。……分かるか？　永遠に埋めておきたい記憶の屍をいくつも掘り返して、私は今、血を吐く思いでこれを言っている」

「き、肝に銘じます……」

語り尽くせない過去があるのだろう。相手の眼光に気圧されて、オリバーは何度も頷きを繰り返した。そこでようやくシャノンが従弟を解放し、彼らを先導して休憩所へと案内する。簡素な椅子とテーブルが用意されたその場所に、〈毒殺魔〉が腰を下ろして茶を嗜んでいた。

「おーす、ホーン隊プラス一。誰も死んでないかそっち」

「誰がプラス一だ。私が監督している間に不覚など取らせるものか。お前こそ、後輩を毒の巻き添えにしなかったろうな？」

「しなかったよ、だからやり辛くてしゃーなかった。だってろくに耐性出来てないんだもんこいつら。生徒会メンバーならちょっとくらい吸わせても大丈夫なのに」

「誰ひとり望んでそうなったわけではない」

いつもの憎まれ口を叩き合いながらレセディが席に着き、その周囲の椅子にオリバーたちも並んで座る。彼がぐるりと周りを見回すと、休憩所の片隅ではステイシーが上半身裸のフェイを熱心に診察していた。軽く手を上げて挨拶すると、ふたりも同じように返事を寄越す。

まもなくカティが人数分のお茶を運んできて、さらにガイが茶請けの大皿をテーブルの真ん中に置いた。ちゃんと自分の前にもカップが置かれてオリバーが胸を撫で下ろす。そうして全員が人心地付いたところで、レセディがカップを置いて話し始めた。

「さて、情報共有の時間だ。――こちらの成果は全体のおおまかな地形の把握、それに未知の調整を受けた無貌(ザッハーク)の古人及び死霊竜騎兵(アンデッドドラグーン)との交戦。うち後者を撃退し、その残骸からリヴァーモア本人のものと思われる骨片を手に入れた」

「じゃあ一体からは尻尾巻いて逃げたんだ。ダッセー」

「ぶち殺すぞ」

「冗談だよ、三年(ガキ)ども連れてる時に無茶はしないよなそりゃ。まーこっちも大体同じ。二班掛かりでデカい怨霊(おんりょう)を一体倒して骨片をひとつ分捕った。最初は前に戦ったのと同じ個体だと思ったけど、途中で変形してからは別モンだったな。ちなみに戦闘ではアールトの使い魔二体とMr(ミスター).ウィロックがすげぇ働いたぜ」

「ほう！」「そうなのか」

活躍を聞いたナナオとオリバーが本人に目を向けるが、さっき嫌味を言ってしまった手前、カティは顔をそむけてふたりと目を合わせない。それでもうひとり名前が挙がった人物のほうに視線を移すと、その本人はステイシーが手首を摑(つか)んで引き留めていた。

「こら、フェイ！　勝手に動かない！　診察がし辛(づら)いでしょ！」

「もうじゅうぶん診ただろう、スー……。そろそろ服を着させてくれ」

微笑(ほほえ)ましい光景に口元を緩めるオリバーだったが、そこでレセディが話を本題に戻した。呪符を剝がしてテーブルの上に並べたふたつの骨片を前に、彼女は厳しい面持ちで腕を組む。

「注目すべきはこれらの骨片だな。リヴァーモアが誰かの骨を奪っていくのは日常茶飯事だったが、使い魔からヤツ自身の骨が発見されたという例は私の記憶にない。ヤツの目的や居場所を探る上での手掛かりになるかもしれん」

「同感だけど、死霊術（ネクロマンシー）の呪物を分析できる人間はこの中にいないよな。いま現場に来てる他の班には誰かいたか？」

ティムの言葉に、レセディも眉根を寄せて考え込む。と、そこでシャノンが静かに椅子から立ち上がった。

「それ――貸して、もらっても、いい？」

「む。何か分かりそうなのか、シャノン」

レセディがテーブルの上でふたつの骨片を引き寄せる。彼女の隣にやって来たシャノンが、それらに指先を当てて目を瞑（つぶ）る。

「……うん……見える……」

その行為が何を意味するのか、この場の面々の大部分には理解できない。が、オリバーには分かっていた。骨片から手掛かりを読み取れるとしたら、それはきっと彼女だろうと。

「……伝えるから……杖（つえ）、重ねて。知りたい人、みんな……」

うっすらと瞼（まぶた）を開けたシャノンがテーブルの中心へ白杖（はくじょう）を差し出し、他の面々は戸惑いながらそこに自分の白杖（はくじょう）を重ねていく。もちろんオリバーも彼らに倣（なら）い、

「……ッ……！」

瞬間。五感を半ば塗り潰すようにして、自分のものではない鮮烈な記憶が展開した。

よく晴れた秋空の下。静かな海を横目に、砂浜をどこまでも歩いている。

それだけなら心地よい散策になっただろう。が、今は一歩進むたびに、靴が砂の中へ深く沈み込む。重心が動かないよう常に気を配りながら進む、さながら山道を行く歩荷の足取りだ。

「——いやー、やっぱりいいねぇ、海岸をゆっくり散歩するのは。波の音は心地よいし、潮風は気持ちいいし、貝殻はキラキラしてキレイだし！」

「……同感だ。ただし、背中に糞重い棺桶を背負っていなければな」

出し抜けに明るい少女の声が響き、熱い吐息に交えて少年が応える。彼が背負った身の丈を越える大きさの棺。今こんな苦行を強いられているのも、全ては「それ」が原因だ。

「こらこらサイラス、視線が低い！　もっと背筋を伸ばして歩いてよ！　足元ばっかりで全然空が見えない！　青い海はいつだって青い空とセットじゃないと。基本中の基本だよ⁉」

視覚を共有している「それ」から文句が付く。その余りの理不尽さに少年の表情が歪む。

「この上に背筋を伸ばせだと……？　さては貴様、実はとっくに悪霊と化しているな？」

「あははは、その通り！　何を隠そう、私はサイラスに憑りついた悪霊おんぶお化けなのだ！　今さら気付いてももう遅い。お前の背中はとっくに私の指定席だぁー！」

勝ち誇る声を聞き流して、少年はなおも「それ」が望む海岸の散歩を続ける。——確かに、文句を言ってもすでに遅い。この重荷を、自分はもう背負ってしまった後なのだから。

「——刮目して見ぃ。これがお前の受け継ぐ『棺』ぞ、サイラス」

その日。窓から差し込む光に照らされて直立するひとつの棺を前に、大柄な老人は少年にそう告げた。が——その声の重さとは裏腹に、告げられた本人の反応は薄かった。

「……見飽きております。曽祖父様が日頃から背負っていらしたので」

「がははっ、それはそうよの！　だがまぁ決まり事と思って聞け。ひとつの『棺』には常にひとりの担い手——その掟に従い、これは儂から曽孫のお前へと継承される。……随分長いこと背負ってきたが、儂もいい加減に老いぼれでな。腰がきつくなってきよるのよ」

と、自分の腰を手でばんばん叩きながら老爺が言う。この爺に限ってそんな可愛らしいことがあるものかと思う少年だが、さすがに口には出さない。老爺がそっと棺に手を添えた。

「お前の役目とは、第一にこの棺を守ること。そして何より、いつか中身を無事に取り出すことぞ。……ふたつめのほうは儂には叶わんかった。口惜しいがのぉ」

大きな悔いが声に滲む。それに内心で驚きながらも、少年が粛々と頷く。

「リヴァーモアの使命は弁えております。……しかし。それを私が受け継ぐとすると、あちらの棺は？」

と、視線を横に移す。彼がこれから継承するそれとは別に、そちらの壁際には同じような棺がいくつも並べられていた。老爺の顔からふっと表情が消える。

「気になるか？　……なら触ってみぃ」

言われた少年がそれらの棺に歩み寄る。そのひとつに彼はそっと手を触れ、

「——根から黴が回る手が罅罅罅割れて泣き声ばかり煩い消えて捩れる胸が痛い痛いの誰か脚はどこ私の脚お願い風を頂戴お願い粉々にねぇそこに誰かいるの——？」

指先を通して流れ込んだ呪詛めいた繰り言に、焼けた鉄にでも触れたように手を引いた。

「……っ……！」

「聞こえたようだの。……それらはな、中身の駄目になってしまった棺よ。いずれ弔うために慰霊を施してはあるが、もはや開けたところで得られるものはない。……先に言った『守る』とは、お前の預かる棺がそうならんよう努めることも含むのだ」

息を呑む少年。そんな彼を、老爺が本来の「棺」へと手招きする。

「結縁は済んでおる。さぁ、棺に触れて挨拶をせぃ。こいつが待ちかねておるぞ」

近寄って見下ろしても、それは先に触った棺と何も変わらないように思えた。まったく気は進まないが、死霊術師が死者に怯えていては何も始まらない。彼は意を決して手を伸ばし、

「遅ぉ――――――――――――――――――――――い！」

直後に響いた第一声が、少年のあらゆる予想を清々しいまでに裏切った。

「まったくまったく何て遅さだい君は！　ぐでんぐでんに待ち草臥れたよ！　あんまり待たせるからワンチャン家が絶えたのかと疑ったほどだ！　死人を不安にさせるのは控えたまえ、でないと始まっちゃうよ？　怨霊カウントダウン始まっちゃうよ!?」

うるさい。死霊に付き物の呪詛やら怨嗟やらとは関係なく、普通にものすごくやかましい。

少年が最初に抱いた感想は揺るぎなくそれで、続く声が容赦なくその印象を補強していく。

「何にせよ、君が今代のおんぶ係……もとい守り人なわけだね。君のことは良く知っているよ、サイラス。ダグラスの目を通していつも見ていたからね。

私はファウ。本当はもっと長ったらしい肩書きが色々付くんだけど、もう何の意味もないし、呼ぶときは簡単にファウでいいよ。こうして君とお話しできて嬉しい。って、まだ君の声は一言も聞けてないけどね！

さて。まだまだ色々あるけれど、とりあえず一番大事なことから言っておこう。――私はお散歩が大好きだ！　だから君も大好きになる！　足腰は抜かりなく鍛えておくように！」

宣言が高らかに響く。これから長年に亘って背負い続ける棺と、そうして少年は縁を結んだ。

「――今のは」

追憶を終えた全員が瞼を開く。レセディが驚きを顔に浮かべて仲間のひとりを見やった。

「リヴァーモアの記憶、か？　まさか――この骨から読み取ったのか。シャノン、お前が」

問われたシャノンがかすかに頷く。兄のグウィンがそこに説明を添える。

「理屈は簡単だ。ゴッドフレイが霊体ごと骨を奪われたように、そのリヴァーモアの骨にも本人の霊体がこびり付いている。そして霊体は情報のかたまり。いわゆる交霊や憑依の延長上で、シャノンにはそれを読み取ることが出来る」

「……マジかよ。霊体丸ごとの幽霊ならともかく、自我もへったくれもないこんな小さな欠片から？　どういうレベルで霊体を扱ってんだ一体……」

ティムが首をかしげて骨片とシャノンを見比べた。レセディが険しい面持ちで腕を組む。

「思いがけず凄まじい情報に触れてしまったな。……今のはおそらく、リヴァーモアの魔道の核心に踏み込む記憶だろう。外様の我々においそれと知られていい内容ではない。それに、ヤツと会話していた老爺のほうも気になる。あれはダグラス＝リヴァーモア――比較的最近『二百年越え』に失敗して亡くなった大魔法使いではないのか？」

ぶつぶつと呟くレセディ。が、その思考を一旦脇によけて、彼女は話を本筋に寄せる。

「最大の謎は、リヴァーモアが曽祖父から受け継いだ『棺』。……正体が何であれ、あれがヤツの行動原理に関わっていると見ていいだろう」

「あれも死霊(アンデッド)なのかな？　なんかめちゃくちゃ元気に喋(しゃべ)ってましたけど」

「まー有り得なくはない。あんだけ意識が明晰(めいせき)なのは珍しいけど、じーさんも怨霊(おんりょう)化しないように気を配れって言ってたからな。じゃあどこの誰の霊なんだって話だけど」

　ユーリィとティムがそれぞれ疑問を口にした。ふむ、とレセディが鼻を鳴らす。

「これだけでは何とも言えんが、情報が増えれば自(おの)ずと話の輪郭も見えてくるだろう。その情報はリヴァーモアの骨片から読み取ることができ、骨片はこの死霊(アンデッド)の中でも特に強力な個体が抱えている。となると……」

「手強(てごわ)い死霊(アンデッド)を狩り続ければ、自(おの)ずと情報面でもリヴァーモア先輩に近付いていく。話が一気にシンプルになりましたわね」

　シェラがそう結論を口にする。その内容を、レセディは顎に手を当てて検討する。

「欺瞞(ぎまん)情報による攪乱(かくらん)の可能性もなくはないが……シャノンの能力の特殊性を鑑(かんが)みるに、その可能性は低いと見ていいだろう。強力な死霊(アンデッド)を辿(たど)るというのも当初のプランと矛盾せん。方針は決まった。手強(てごわ)い死霊(アンデッド)どもを優先して狩り、それらが抱えるリヴァーモアの骨片を回収する。――使い魔を飛ばして、他の班にそう伝えろ！」

　指針を得た魔法使いたちが動き出す。その足取りがまた一歩、魔人へと近付く――。

第三章

少年と棺（ボーイ アンド コフィン）

「――あー、おもろない。なーんもおもろない」

侵入者との攻防にざわめく死霊たちの王国の一角。地下に設けた拠点でチームメイトふたりと焚き火を囲みつつ、ロッシが器用に片手で逆立ちしていた。その口から愚痴が零れる。

「しょーもない仕事でも、リヴァーモア先輩の死霊とやり合うのだけは楽しみにしてたんやでボク。それが何や、まともに戦えたんは門番の一体だけ。その後は『強力な死霊とは出会っても戦わず逃げろ』て。こんなもん何を楽しんだらええねん」

「……こちらの捜索よりも、生徒会側の捜索を鈍らせることに比重を置いているのだろう。死霊を減らせばその分だけ彼らを楽にする。なら放置したほうが都合がいいのは道理だ」

持参した茶器で几帳面に紅茶を淹れながらアンドリューズが淡々と話す。その対面で、オルブライトが炙ったベーコンを豪快に嚙み千切った。

「現時点では直接の妨害を指示されていないだけマシだな。最悪、決勝の前にここでホーン隊とぶつかることも考えられる」

「はん。ボイコットするわそんなん」

言ってのけたロッシがもはや腕すら使わずに頭のてっぺんで地面に立ち、そのまま独楽のようにくるくると回転する。お湯の中で開いていく茶葉を見つめながらアンドリューズが呟(つぶや)く。

「向こうの妨害が中心だとしても、現状は後手に回り過ぎだ。おそらく我々が見ていないところで打っている手があるのだろう。……その内容も、おおよその想像は付くが」

同じ頃。彼の想像と違わぬ一手を、ひとりの上級生が打とうとしていた。

「ハァ、ハ、来た来た。――おおい、そこの君」

上空を行き交う数百の骨鳥の群れ。それらを警戒するでもなく頭上に遊ばせながら、前生徒会陣営のキーリギ＝アルブシューフが地面に落ちた影へと声をかける。ほどなくそこから顔のない痩軀(そうく)が立ち上がって彼女へ殺気を向けた。先刻にオリバーたちと戦った無貌の古人(ザッハーク)である。

「戦うつもりじゃないんだ。リヴァーモアに繋(つな)いでおくれよ、ちょっとでいいから」

今にも襲い掛かってきそうな相手へ、しかしキーリギは気さくに声をかける。それから数秒の沈黙を経て、無貌の古人(ザッハーク)から返答があった。正確には、その操り主たる魔法使いから。

「――何の用だ、邪鬼(アールヴ)」

「やぁやぁリヴァーモア。そう邪険にしないでおくれよ、せっかくお前の助けになろうと思って話しかけたんだから」

キーリギがにっこりと笑って前進し、無貌の古人(ザッハーク)の顔面へとぐっと顔を寄せた。その黒々とした洞の奥に、話し相手の顔があるかのように。

「お前がゴッドフレイの骨を奪った一件。レオは興が削がれたとご立腹だけど、私はそうでもない。おかげで選挙戦が大幅に有利になったんだから、むしろ感謝してもいいくらいだ」

「では去れ。お前の監視に割く大駒が惜しい」

「ハァ、ハ。その分だと、さすがのお前も駒不足に悩まされているようだ」

キーリギが笑う。この場所への侵入者の全てと単身で渡り合っている現状、リヴァーモアの多忙さは想像に難くない。それを踏まえて彼女は提案する。

「そこで朗報だ。——ここに特大の大駒がある。ついでに活きのいい小駒もいくつか。利用してみてはどうかな？」

「早速それか。つくづく予想を裏切らんな、お前たちは」

「おいおい、むしろそちらから提案してくれても良かっただろう？　なにしろ利害は明らかに一致している。お前はゴッドフレイの骨を使って何かがしたい、私たちはゴッドフレイに骨を取り戻させたくない。これで協力しないほうが不自然じゃないか」

自明の理とばかりに主張するキーリギへ、使い魔越しにリヴァーモアが鼻を鳴らす。

「奴らの足を引っ張るつもりなら、俺に許可を取るまでもない。勝手に潰し合え」

「だから邪険にするなと言うのに。同じ方針で動くにしても、お前の援護があるとないとじゃ話がまるで違うのだよ。最低でもここの死霊たちの攻撃対象からは外してもらいたいし、出来ることなら共同戦線を張りたい。例えばこの素敵な無貌の古人（ザッハーク）とね」

　そう言って、キーリギは使い魔の全身を舐（な）めるように観察する。その視線を警戒するように無貌の古人（ザッハーク）を一歩下げて、リヴァーモアは淡々と相手を突き放す。

「この期に及んで俺が他者を頼むと？　本気で交渉する気ならせめて〈酔師（バーマン）〉を寄越せ。お前では話にならん」

「分かった、分かったよ。でも、拒んだところで結果はそれほど変わらないのも分かるはずだ。どうせこの一体は私に張り付かせる気でいるんだろう？」

　説得の難しさを見て取ったキーリギが方針を変えた。相手が首を縦に振ることは最初から期待しておらず、またその必要もない。

「生徒会の連中と私が並んで背中を晒（さら）していれば、お前がどちらを先に狙うべきかは明白だ。だったら口約束すら要らない。信頼しているよ、リヴァーモア」

「それほどお前に似合わん言葉もないな」

　言い捨てたリヴァーモアの気配がすっと消える。同時に無貌の古人（ザッハーク）が影に戻っていくのを見下ろしつつ、さて、と彼女は次の一手に動き始めた。

＊

ふたつの勢力が鎬を削り合う迷宮から場所は変わって。地上の校舎でもまた、ひとつの戦いが始まろうとしていた。

「……フゥゥウゥウ……」

決闘リーグ本戦の控え室のひとつで、学生統括アルヴィン＝ゴッドフレイが静かに精神を集中していた。試合開始まで数分を切った頃合いで廊下から足音が響き、教室のドアを蹴り破るようにしてチームメイトふたりが現れる。

「──戻りましたよ！」「状態はどうだ、ゴッドフレイ！」

ティムとレセディが同時に声を上げる。そちらに目は向けぬまま、問われた男が答えた。

「……行使可能な魔法出力は、おおよそ普段の二十分の一。二節以上は制御が危うくて使えん。呪文詠唱のたびに霊体傷から激痛が走る」

「つまり？」

レセディが要約を促す。ゴッドフレイの口元が不敵につり上がる。

「絶好調だ。──行くぞ！」

「「応！」」

三人の合流とほぼ同時に部屋の奥で絵画の覆いが取り去られ、三人は森が描かれたそれへと一直線に突入した。

「――さぁついに始まります、決闘リーグ本戦六～七年生の部！　四～五年生でとっくに観戦料が取れるレベルでしたが、この次元になるともはや試合内容自体が部外秘と言って差し支えなし！　キンバリー最高学年の化け物どもが秘奥を尽くして戦う姿が見られるなんて、私たちは何て幸せ者だァ――――！」

四～五年の試合から引き続き、実況のグレンダが衰えを知らないテンションで声を張り上げる。水晶から投影された複数の映像を見つめて、彼女はさっそく説明を開始した。

「不殺の呪いはもちろん半掛けで、初戦のフィールドは森林地帯！　最大の注目チームは何と言ってもゴッドフレイ隊！　言わずと知れた優勝候補の筆頭ながら、先日のクソ野……もとい、Mr.リヴァーモアによる統括への不意打ちは記憶に新しいところ！　あの時の負傷が尾を引いているという噂もありますが、試合への影響はどうなのでしょうか⁉」

「何とも言えんが、少なくとも本人は勝つ気でいるな。顔にそう書いてある」

映像に映る学生統括の横顔を眺めてガーランドが微笑む。達人ならではの観察眼――というわけでもなく、これは彼以外の観客席の全員も同じ印象を受けた。ゴッドフレイにも隣のふたりにも、弱気の気配は少しも見て取れない。

「さて、ここでゲストを紹介！　三年生から五年生が誰も捕まらなかったので、急遽フレッシュな二年生を呼んでいます！　この試合についてどう思いますか、Mr.トラヴァースとM

S・エチェバルリア！」

「ゴ、ゴッドフレイ統括に勝って欲しいっす！」

話を振られた二年のディーン＝トラヴァースが慌てて口を開く。予選を突破した二年生チームからひとりずつゲストに招かれたのだが、リタもテレサも出たがらなかったので半ば強引に彼が駆り出されたのだ。

緊張も露わなディーンの隣で、もうひとりのゲストである長い金髪の女生徒が鼻を鳴らす。前生徒会の長であるレオンシオ＝エチェバルリアの実妹、フェリシア＝エチェバルリアだ。

「試合の展望を訊いたのであって、君の願望を尋ねたわけじゃないだろう。……統括には悪いですが、不利は拭えないでしょうね。負傷で弱っているという噂の真偽はともかく、その可能性があるというだけで狙い打ちの根拠にはじゅうぶんです」

立場からも心情からも前生徒会陣営を応援する立場なので、フェリシアのコメントは自然とゴッドフレイに対して辛口になる。彼女から皮肉交じりの言葉を受けたディーンは、しかし意外にも静かに頷いてみせた。

「……だろうな。厳しい戦いになるってのは、おれも同感だ」

「――？」

思わぬ反応にフェリシアが眉根を寄せる。その間にも実況のグレンダが再び口を開く。

「可愛い後輩たちから激励をもらったところで試合開始！　さぁどう動く各チーム！」

「――む」

木立の中で何かに気付いて小さく声を上げた瞬間、レセディはチームメイトふたりと共に杖剣を頭上へ向けて呪文を詠唱する。途端に猛烈な熱波が叩き付けて周辺の樹木を薙ぎ払い、その一帯は三人の周辺をわずかに残して焼け野原になった。すっかり見晴らした彼らの上空で、三人の魔法使いが悠然と樹木の上に立つ。

「――そこにいたな、ゴッドフレイ隊」

「かくれんぼはさせないよ。お前たちは速攻で仕留めきる」

試合開始と同時に速攻を仕掛けてきた敵チームだった。位置が露見するような真似はゴッドフレイたちも当然していないが、相手は似たような試合の経験を豊富に持つ最上級生。自チームに加えて同盟を組んでいる他チームの初期位置さえ分かれば、残りのチームの居場所も経験則で当たりが付けられるのだ。

杖剣を構えるゴッドフレイたちの姿をじろりと見下ろして、チームを率いる七年生の男が鼻を鳴らす。

「枷の多さが痛ましいほどだな。ゴッドフレイの負傷だけでも痛恨だろうに、このルール下ではリントンの毒もごく限られたものしか使えない。レセディ、お前とて万全と言える状態か？

リントンと共に迷宮から駆け足で戻った直後なのだろう？」

「口数が多いぞ。速攻で仕留めきるのではなかったか？」

レセディが平然と声を返す。それを聞いた敵チームの三人がにぃと笑い、立っていた木を真下へ向かって駆け下りる。

「弱っても口は減らんか。……いいだろう、引導を渡してやる！」

「おおっと、開幕間もなくエフラー隊がゴッドフレイ隊に突っかけた！　三節呪文で当たり前に地形を変えてしまうのはさすが最高学年といったところ！　生徒会の三人、これをどう迎え撃つ⁉」

「厳しいでしょう。負傷のハンデが噂される現状、ゴッドフレイ隊は乱戦の立ち回りの中で慎重に勝機を見出す必要があったはず。こうなってはそれも望めません。万全の他チームとぶつかれば否応なく現在の戦力が露呈し、そうなればますます狙い撃ちは加速します」

グレンダの実況にフェリシアがコメントを添え、それから隣の少年へ視線をやる。

「初動から形勢は明らかだ。残念だが君の望む展開はなさそうだな、Mr.トラヴァース」

「……反論とかは、特にねぇんだけどよ」

フェリシアの皮肉に苛立つでもなく、最上級生たちの戦いを見つめながら、ディーンはただ不思議そうに首をかしげている。その反応にフェリシアは調子を狂わされた。この手の挑発には簡単に乗ってくる相手だとばかり思っていたのだが。

「どうしてだろうな。ちっとも頭に浮かばねぇんだよ——あの人らが負ける様子が」

「何だと？」

その言葉は聞き捨てならず、フェリシアは改めて試合の展開に意識を集中する。序盤戦は彼女の予想に違わず、先制を受けたゴッドフレイ隊のほうが敵チームに押されていた。

「**雷光疾りて**(トニトゥルス)！」「**夜闇包みて**(テネブリス)！」

襲い来る魔法をゴッドフレイの呪文が受け止め、出力で勝るそれを辛(かろ)うじて横に逸(そ)らす。一目でそれと分かる力負け。いつもの彼なら決して有り得ない光景に、敵チームのリーダーであるエフラーが口元を凶悪につり上げる。

「対抗属性で凌(しの)ぐのがやっとか。あのふざけた火力が見る影もないな！　**切り裂け刃風**(インペトゥス)！」

「**仕切りて阻め**(クリペウス)！」

続けざまの呪文攻撃に防戦一方のゴッドフレイ。火力の優位を最大限に活(い)かして彼を追い込みつつ、エフラーはなおも挑発を続ける。

「時間を稼いで仲間の助けを待つか？　構わんぞ、好きなだけ不様を晒(さら)せ！」

　言葉で相手を煽りながらも、その振る舞いとは裏腹に内心は冷静である。彼が見て取る限り、この状況下でゴッドフレイに打てる手は大きくふたつ。今言ったように呪文戦で時間を稼いで仲間の助けを待つか、さもなければ覚悟を決めて魔法剣の間合いまで踏み込むか。彼自身はどちらにも対応できる形で待ち受けている。相殺と同時に突っ込んでくるパターンを想定して呪文を撃った直後はとりわけ警戒しており、

「――⁉」

　だが、続く現実はその警戒範囲よりもさらに下。激しく相殺し合う魔法を隠れ蓑にした地面スレスレを這うような軌道で、ゴッドフレイは敵の懐へと飛び込んでいた。

「ゆ、勇の一突⁉　いや、あれはもはやヘッドスライディングだ！　しかしあの低さでは急所など――」

「いや、違う」

　直感的なグレンダの分析を魔法剣の師範が否定し、投影水晶を操る生徒へ指示を出す。敵の足へ飛び付いたゴッドフレイの両手がアップで映し出され、同時に観客たちがあっと声を上げた。右手に杖剣がない。

「飛び込む直前に杖剣を鞘に戻し、空いた両手で相手の左足首を取って組み付いた。――彼

の間合いだ」

足首を掴まれた。相手がそう感じた時にはすでに、ゴッドフレイは掴んだ場所を手掛かりに敵の斜め左後ろ側へと滑り込んでいた。エフラーの顔が歪む。利き手と真逆の場所に占位されたため、これでは杖剣をどう振ってもゴッドフレイに届かない。

「……ぐ……！　離れろッ！」

まずは体勢を変える必要がある。そう判断して動こうとしたエフラーだったが、その体が突如として横向けに転倒する。

「な……!?」

「放さん」

足を刈って地面へ引き込んだ相手に、ゴッドフレイが間を置かず横から組み付く。慌てて抵抗を試みるエフラーだが、そのために突いた左手が泥濘化した地面にずぶりと沈み込んだ。男の目が愕然と見開く。

「沈む墓土……!?　貴様、杖を手放しているのにどうして――」

とっさの抵抗に杖剣を振ろうとした右腕ががっしりと掴まれる。目と鼻の先にあるゴッドフレイの眼光に、エフラーの背筋をぞっと寒気が走る。

「な、なんだあの動きは⁉　どういう攻防をしているんだこれは！」

グレンダの口が混乱を叫ぶ。両手で摑み、体で押さえ付け、脚で挟み込んで——今この瞬間も、ゴッドフレイは目にも止まらぬ速さで相手の体の上を動き続けている。呆然とする観客たちへ向けて、ガーランドがすぐさま説明を加えた。

「パスガードだ。寝技の技術に重心制御と領域魔法を組み合わせて、相手の動きのひとつひとつにカウンターを取る形で動いている。Ｍｒ．エフラーは対応の一挙一動に正解を問われ、それを誤るたびに不利な体勢へと引きずり込まれる」

「し——しかし、おかしくはありませんか⁉　Ｍｒ．ゴッドフレイは組み付きの直前に杖剣を鞘へ戻しており、その両手共に今は空です！　いくら詠唱なしの領域魔法でも、利き手に杖を握っていなければその大半は使えないのでは⁉」

「杖ならある。彼の手の中をよく見ろ」

ガーランドが再びアップを指示し、映像の中に「それ」が映し出される。相手の右腕を摑むゴッドフレイの右手——その手の中にある掌の横幅とほぼ同じ全長の、杖と呼ぶには余りにも短い棒きれが。

「握り込み杖——俗に『掌杖』とも呼ばれる極短の隠し杖だ。利き手の手首回りに仕込んでおき、必要に応じて握り込んで使う。吸い付く刃紋(スティックエッジ)と同じ要領で掌(てのひら)に吸着させれば、指を開いても取り落とすことはない。

無論、あの短さでは呪文の行使には使えない。が、領域魔法の制御だけに絞ればあれでもギリギリ事足りる。両手を寝技(グラウンド)の攻防に回しながら領域魔法が使える――つまり、密着状態の攻防において腕一本分のアドバンテージが確保されるわけだ」

生徒たちの知る魔法戦闘とは余りにもかけ離れた技術の集積。観客たちが言葉を失う一方で、ガーランドが静かに説明を続ける。

「……寝技(グラウンド)の攻防は、魔法剣の技術が洗練されていく過程で早期に切り捨てられた分野だ。本来ならあの体勢にもつれ込む前に何とかするのが我々のやり方。つまるところ、Mr.(ミスター)・ゴッドフレイがやっていることはすでに魔法剣の範疇(はんちゅう)ではない」

言葉を重ねながら魔法剣の師範(マスター)は思う。――自分が監督する試合で、よりにもよってこれを見せられるかと。

「概念の発生から今日(こんにち)までに、魔法剣に対してはいくつかの根本的な反命題(アンチテーゼ)が提唱されている。いわゆる杖剣(じょうけん)不要論はその代表格だが、他にもある一派はこう主張した。――普通人を見習って剣を手にしたのなら、もはやその剣にすら拘(こだわ)るべきではない。魔法も剣術も、徒手の殴り合いも摑(つか)み合(あ)いも、勝ちを求める手段としてはつまるところ同列なのだと。

即(すなわ)ち、魔法格闘(マギコンバット)。……魔法剣(ソードアーツ)とは別の思想に基づく、もうひとつの魔法戦闘メソッドだ！」

寝技の攻防には終着点がある。数十秒の攻防を経て、ゴッドフレイとエフラーの戦いはそこに行き着いた。

「……が……！　ぐ、ぐぅッ……！」

側面から首に巻き付き、ローブの襟を利用して頸動脈を締め付けるゴッドフレイの両腕。自分を締め落とそうとするそれにエフラーが必死の形相で抗う。杖剣を握る利き手は絡みついた右脚に押さえられており、抵抗に使えるのは左手一本のみ。それすら相手の胸と自分の体に挟み込まれて半ば無力化されている。両脚がフリーならまだ打つ手もあるのだが、これまでの攻防で左足は沈む墓土によって膝近くまで地面に埋め込まれていた。右脚一本ではどうにもならない。

「……き、貴様ッ……！　それが魔法使いの戦い方か……ッ!?」

「違う。これは魔法使いとの戦い方だ。生徒会がお前たちと戦うために培ってきた」

腕に力を込めながらゴッドフレイが答える。ここまでの攻防で相手よりも数倍激しく地面を動き回ったため、彼の全身はすでに土まみれだが、その姿には不思議なほど違和感がない。アルヴィン＝ゴッドフレイにとって、昔から勝利はそのようにして摑むものだからだ。

「……チ……──ぅぐッ!?」

　仲間の状態を見かねて、ティムと向き合っていたひとりが意識をそちらへ向けかけるが――その瞬間、左足から強烈な痺れが這い上った。ぎょっとして足元を見下ろした彼の目が、そこに開いた小さな地面の穴と、自分の足に尾を突き刺す蠍の使い魔を捉える。慌ててそれを踏み潰す相手の姿にティムがにやりと笑った。敵の意識の隙を突いて使い魔を放ち、地中から奇襲させたのだ。

「仲間ごと仕留めようとか思ったか？　いい度胸だな、僕の前でよそに意識散らすとか」

　敵によそ見を許すほど彼は甘くない。それは無論レセディも同じ。隙あらばゴッドフレイのほうへ呪文を撃とうとする相手に、彼女は断固としてそれを許さず間合いを詰め続ける。

「杖先を私から逸らしてみろ。それで頭を蹴り割られない自信があるのなら」

「……ッ……」

　待てども援護の気配はない。仲間の助けが望めないことを悟り、締め落とされる直前のエフラーもまた覚悟を決めた。

「お――おォオッ……！」

　酸欠で薄れかける意識の中、エフラーは死力を振り絞って領域魔法を操る。目の前で燃え上がる炎に頬を炙られ、自分の皮膚が焦げる臭いが鼻を突き――しかし、ゴッドフレイはまばたきひとつしない。顔が焼けて爛れる程度のこと、彼にはダメージとして勘定するにも値しない。

「――か――ッ！」

最後の抵抗が終わり、エフラーの体からくたりと力が抜ける。正確には締め落とされる寸前に輪(リング)の呪い(まじな)で気絶した形だが、いずれにせよ結果は同じことだ。決着を見て取ったゴッドフレイが即座に相手を放して立ち上がり、三分の一が焼け爛(ただ)れた凄絶な形相で残りの敵を睨(にら)む。

「これで三対二。……他のチームが来る前に終わらせるぞ、ふたりとも」

「もちろんですよ、統括」「フン。先を越されたな」

「――目に焼き付けなさい、諸君。あれが生徒会だ」

観客席の一角でひとりの生徒が立ち上がり、厳かに口を開く。この日はゲストではなくいち観客として試合を見守っていた次期統括候補、ヴェラ＝ミリガンだ。

「ゴッドフレイ統括は大きなハンデを背負って戦っている。ごく単純に戦力を比較すれば、同じフィールドの他の最上級生たちが今の彼を上回るだろう。……だが、考えてみて欲しい。それは彼にとって特別なことだろうか？

答えは否。なぜなら、彼の状況はキンバリーに入学した時からずっと同じだ。火炎呪文の制御もおぼつかない非力な一年生だった頃から、彼の周りは化け物じみた上級生で溢(あふ)れかえっていた。……君たちも憶(おぼ)えているだろう。ここへ入学したその日の、まるで猛獣ひしめく檻(おり)に身ひとつで放り込まれたような心細さを」

魔女の言葉に、誰もが自分の時を思い出す。程度の差こそあれ、その感覚を知らない生徒はこの場にひとりもいない。ゴッドフレイが統括となる以前のキンバリーを知る者であればなおのこと。ミリガン自身もまたそのひとりだ。

「そんな環境を見かねて、彼は自警団を組んで同じ生徒を守る活動を始めた。それは余りにも小さな灯火で、その活動の初期において、彼らに立ち塞がる敵は常に格上だった。悪戦苦闘はもはや日常。苦い敗北を何度となく味わい、それでも死線を潜り抜けるたびに強くなって、同じ志の仲間を少しずつ増やしていき――そして必ず、より強大な次の敵へ挑み続けた。ただの一度も歩みを止めることはなく」

言葉を選び、響くように語ってはいる。だとしても、この内容に誇張はひとつもないことをミリガンは知っている。彼女自身が傍で見続け、時に自ら協力してきた。現生徒会が今日まで歩んできた苦難の日々を魔女は知る。語り尽くせぬその年月を、それでもあえて端的にまとめるのなら――。

「忘れるな、諸君。彼らはいつだって自分より強い敵と戦ってきた。――自分ではない誰かを守るために！」

それを耳にした瞬間、びり、と生徒たちの背筋に不可解な痺れが走った。知らずこぶしを握り締めている自分に、誰もが一拍遅れて気付く。

「……一番槍がヘマこきやがった」

「さっさと合流しましょう。今ならまだ数の利で押し切れます」

当然ながら、ゴッドフレイ隊を狙っているのはエフラー隊ばかりではない。というより、この試合もオリバーたちの時と同様に、他の三チームで彼らを狙い撃ちするための同盟が試合外で組んである。最初に突っかけたエフラー隊の仕事は勝つことではなく、他のチームが合流するまで頭数を減らさず時間を稼ぐことだった。ひとり脱落した今でもそれは有効だ。

が――合流を目指して突き進んでいたチームを、突如として横合いから炎の波が襲った。とっさに対抗呪文で凌ぎつつ、構えた三人が揺れる炎の向こうを睨む。

「……もし。話が違いませんか、これは」

そこにいるのはエフラー隊と同様、ゴッドフレイ隊を仕留めるまでは協力関係にあるはずのチームだ。たったいま襲撃した相手に抗議の視線を向けられて、対面の三人は悪びれず応じる。

「うん、違うね。だって気が変わったもの」

「恨むなら初手でしくじったお仲間のほうを頼まぁ」

両脇のふたりが飄々と答えた。それに続いて、中央のひとりが肩をすくめて前に出る。

「まー、なんだ。裏で色々ゴチャゴチャ動いてるけど、これって要はお祭りじゃん？　……やっぱ乗せられるよね。会場の真ん中でいちばん熱く踊ってる奴にはさ――！」

＊

「ウゥーン！　ここも外れだぁ！」

死霊(アンデッド)の王国の一角で発見した重厚な霊廟(れいびょう)じみた建物。ひとまず周りを固める死霊(アンデッド)たちを蹴散らして内部へ侵入し、多くの罠(わな)を潜(くぐ)り抜(ぬ)けて奥へ奥へと進み、ついに辿(たど)り着(つ)いた中心の部屋に意味ありげに置かれた棺(ひつぎ)がもぬけの空だったところで、オリバーたちを率いる監督役の七年生は盛大に体をのけ反らせて叫んだ。カルメン＝アニェッリ——やや遅れて捜索に加わった六年生の死霊術師である。

「建築様式が古代のそれだから、ここは見込みがあると思ったんだけどなぁ。手掛かりひとつありゃしないったら。無駄足踏ませるなら金銀財宝のひとつも置いたらどうなんだよぉ」

のけ反った体勢から後輩たちを見つめてカルメンが言い、オリバーはそれに苦笑で返す。死霊術師の肩書きとは裏腹にひょうきんな人物で、少々対応に困る時もあるが——今のように無駄足を踏まされた時には、その明るさが素直にありがたい。

「いかんいかん、イライラしてたらあいつの思(おも)う壺(つぼ)だ。時間を有効活用するために死霊術(ネクロマンシー)の講義をしようか。まず、君たちが把握している死霊術(ネクロマンシー)の特徴は？」

来た道を取って返しながら講義を始めるカルメン。質問にナナオとユーリィが顔を見合わせたので、ひとまずオリバーが無難に返答する。

「……呪術の隣接分野であること。加えて、現代よりも古代に発展した魔法技術であること、でしょうか」

「いいね。特に後者はこことダイレクトに結び付く知識だ。じゃあ他のふたり、なぜ死霊術(ネクロマンシー)が古代に発展したのか分かるかな？　言い換えれば、なぜ現代には発展していないのか」

　カルメンが全員へ平等に答えを求める。思案を経て、ナナオとユーリィが順番に答えた。

「……死者が化けて出るとすれば、供養(くよう)が足らぬからでござろうか」

「今と比べて、昔はそういう死者がたくさんいたってことかな？　飢餓とか戦争とかで」

　自分なりの推測を述べたふたりへ、カルメンがパチンと両手の指を打ち鳴らしてみせる。

「いいね。供養(くよう)が足りてないってのはまさにその通り。というよりも、死霊術(ネクロマンシー)そのものが『色んな理由から昇天し損なった霊魂』を有効活用する技術なわけだね」

　そう説明する傍(かたわ)ら、カルメンが行きがけに蹴散らした死霊(アンデッド)の頭蓋骨をひとつに杖(つえ)を向けて宙に浮かべ、自分の発言に合わせて顎の部分をかぱかぱと開閉させる。そのユーモアはどうなのかと考えてしまうオリバーの前で、カルメンは意気揚々と解説を続ける。

「人が死んでも労働力が減らない。身も蓋もなく言えば、それが古代における死霊術のメリットだったわけだよ。魔法産業革命以前の暮らしにおいて、これがいかに大きな意味を持つかは分かるだろう？　今で言うところの亜人労働者、ゴブリンやトロールの役割を死者たちが担(にな)っていたんだ。生者の数に加えて死者の数が国力を決めた時代――それが死霊術の全盛期だ」

丁寧な語り口にオリバーたちも自然と聞き入った。カルメンが話す遠い過去の社会を三人はそれぞれの想像力で思い描く。

「もちろん、こうした死霊文明には問題もたくさんあった。第一に死霊（アンデッド）の扱いのデリケートさだね。彼らは基本的にネガティヴな執念で地上に留まっているから、そのままでは生きる人々を害する存在でしかない。だから多くの場合、死霊術（ネクロマンシー）では彼らを宥めて騙（だま）くらかすことになる。

でも、運用が長引くにつれてこれは難しくなってくる。死んでから時間が経（た）つほど死霊（アンデッド）は不安定になるし、呪詛（じゅそ）も増していくからだ。こうなった怨霊（おんりょう）はもう飢えた猛獣みたいなもので、専門の魔法使いが細心の注意を払って管理しないとすぐに暴れ出す。しかも自我が薄くなると周囲の死霊（アンデッド）とすぐに合流するんだ。この連鎖に歯止めが掛からなかった場合、その結果がどうなるか分かるかい？」

再び問いを投げるカルメン。頭に浮かんだ答えを、オリバーがぽつりと呟（つぶや）く。

「……大禍（メイルシュトローム）……」

「その通り。過去に存在した死霊文明の大半は、その規模があるラインを越えた辺りでそうやって滅びた。国そのものが魔に呑（の）まれるっていうか、まぁ典型的な自家中毒だよね。死霊（アンデッド）の増加に拮抗（きっこう）する形で慰霊も徹底すれば理論的には維持可能って見方もあるけど、今説明した点以外にも付随する問題は山ほどあるし、死霊(アンデッド)を社会の労働基盤に据えるのはリスクがメリットを上回るって見解が現代では支配的。だから連合(ユニオン)全体でも死霊術師の数はそう多くないんだよね」

そう言ったカルメンが誇らしげに胸をそびやかす。死霊術(ネクロマンシー)を学ぶことが許されている事実が、そのまま彼女の優秀さを証明してもいるのだ。

「もっとも……亜人種を労働階級に据えた現代のシステムも、同じようなリスクを孕(はら)んでいないとは言えないんだけどね。ふふふ、千年後に失敗例として語られていないといいよね？　今の私たちはさ」

ふと視線を現代に戻してカルメンが皮肉げに語る。ユーリィが腕を組んで天井を見上げた。

「ってことは――ここに昔あった国も、大禍(メイルシュトローム)で滅んだのかな？」

「どうかな。私はどちらかと言うと、ここはそうした災厄から逃れるために造られた避難所だったんじゃないかと思っている。……匂いを感じるんだよね。避けられない滅びを前に足掻(あが)いた当時の魔法使い(どうるい)どもの、さ」

カルメンが意味ありげなことを呟(つぶや)いたところで、ちょうど建物の外に出る。青白い光に照らされた荒野に後輩たちと並んで立ち、ふいに彼女は腰に手を当てて考え込んだ。

「……そう言えば。リヴァーモアの奴(やつ)が人間ひとり分の骨を集めてるって聞いて、ちょっと意外だったんだよね。同じ死霊術(ネクロマンシー)の家柄だから、あいつの研究に関しては色んなツテから断片的な情報が入って来ててさ。その中のひとつに、あいつが他の魔法使いの家から水子の遺体をいくつも引き取ってるって話があったんだ」

オリバーの呼吸が止まる。カルメンの口にした単語が、意図せず彼の胸に突き刺さった。

「……水子、ですか」

「そう、水子。つまり中絶や死産で『この世に生まれられなかった』胎児だね。これは死霊術(ネクロマンシー)の世界だとすごく特殊な存在なんだよ。単純な生体としてはもちろん死んでいるんだけど、その霊魂は世界律の観点から生者に分類される。母胎内ではまだ『生まれていない』から、そこでの絶命が死としてカウントされないんだね。リヴァーモアはこれを利用して何かしようとしてるんだと思ってたんだけどなぁ～」

腑(ふ)に落ちない面持ちで首を傾けるカルメン。が、それも数秒で切り上げて、彼女は後輩たちに向き直る。

「何にしても、今日の講義はここまで。他の班がまたリヴァーモアの骨片を手に入れてるかもしれないし、一度拠点に戻って――」

言葉の途中で、どこからともなく心地よい音色が響き渡る。とっさに周りを見回すオリバーたちだが、もちろん奏者の姿は見当たらない。というよりも、音はもっと遥(はる)かに広い空間へ、ともすれば死者の国の全体に響き渡っている様子だった。

「……ピアノ？」

「ああ、慰霊演奏だね。久しぶりに聴くなぁ、あいつのは」

カルメンが感慨深げに言って目を細め、音色にじっと耳を澄ませる。オリバーたちも彼女に倣い、束の間その演奏に聞き入った。

同じ頃。拠点から使い魔を通して周辺の様子を探っていたカティもまた、その演奏を耳にしていた。

「……綺麗な曲……」

「そうだ、ね」

聞き入っていたところに背後から声が響いてびくっとする。カティが振り向くと、そこにはシャノンがにこにこと笑って立っていた。少女の肩に手を置き、すぐ隣に顔を寄せる。

「慰霊の方法、たくさんある、けど……中でも、音楽は、効果が大きいの」

「え、あ……リ、リヴァーモア先輩が弾いてるんですか？　これ」

「そう。録った音じゃ、だめ。上手いだけでも、だめ。心のこもった演奏じゃ、ないと……死者の心は、癒されない、から」

それを聞いたカティは黙り込み、しばし演奏に耳を傾けた。あの恐ろしげな魔人が奏でているとは思えないほど音色は優しく、そして物悲しい。もっと平和な状況であれば目を瞑って浸っていたいと思うほどに。

「…………」

ちらりと盗み見れば、すぐそばにシャノンの儚げな横顔がある。オリバーを抱きしめる時、その表情はいつも花のように綻ぶのだ。裏腹に、それを目にするとカティの心は波立つ。自分の知らない過去の年月の重み。そこで育まれた両者との絆を、どうしようもなく思い知らされるから。

「……あの……」

「ん？」

死者たちを慰める音色がふたりの間の空気を緩めていた。それに乗っかる形で、思い切ってカティは尋ねる。

「……ず、ずっとあんな感じなんですか？　オリバーとは」

口にした瞬間にひどく喉が渇いた。そんな突っ込んだ質問が出来る立場にはないし、かといって単なる好奇心からの問いだとも思われたくはない。ただ、いつまでも呑み込んでいられる質問でもなかった。カティにとっては一年の頃からずっと燻り続けてきた問題なのだ。

そんな彼女なりの切実さを、果たして知ってか知らずか。シャノンは少しも躊躇わず、ただ透明な微笑みを浮かべて答えた。

「うん。大切な、大切な、従弟、だから。目に入れても、痛くない」

「……っ……」

その返答から分かるのは、ただカティが知り得ない年月の重みだけ。彼女の中の燻りはますます強まるが——だからといって、その感情に任せて根掘り葉掘り詰問するほど恥知らずにはなれない。自分の軽率さを呪いながら、カティは逃げるように話題を変えようとして、

「なのに、わたしは……最低の、お従姉ちゃん」

「——え？」

思いがけず相手の口から零れた一言、その響きに滲む底知れない悔恨と自罰を、カティもまた感じ取り——しかし、次の瞬間にはもう、シャノンはいつもの微笑みを浮かべていた。

「ノルの……どういうところが、好き？　カティは」

「ふぇっ⁉」

今度はカティが出し抜けの質問に動揺する番だった。椅子から腰が浮きそうになりつつ、カティはしどろもどろに声を上げる。

「と、友達として、ですよね！　えっと、あの、その——」

彼女は必死に言葉を探した。先に質問したのは自分なのだから、答えないことには筋が通らない。これまで目にしたオリバーの表情や仕草をひとつひとつ思い浮かべて、カティは自分でも意外なほど速やかに答えを得る。そう、その全てに共通して言えることは、

「——優しい、ところ……です」

「ふふふ。わたしも、おんなじ」

真っ赤になった顔を俯かせてカティが答える。その返答を予め知っていたかのようにシャノンが微笑み、その手で巻き毛の少女の頭を優しく撫でた。うう、とカティの口から意味のない呻きが漏れる。

一方で、彼女たちからやや離れた位置。ふたりの会話にじっと聞き耳を立てていたガイとピートが、その内容に大きく安堵の息を吐く。

「……こっちが手に汗握ったぜ。もうちっと外堀から埋めらんねぇのか、あいつは」

「Ｍｓ．シャーウッドの人柄に救われたな。……こっちの聞き耳にも気付いてるぞ、たぶん」

眼鏡の少年がそう口にしたところで、カティを宥めているシャノンの微笑みがちらりと彼らのほうを向いた。ガイが苦笑してため息を吐く。

「敵わねぇな……。いっそお前も行って根掘り葉掘り訊いてきたらどうよ？」

「必要ない。あの人とオリバーがどんな関係だろうと、ボクは気にしない」

そう答えたピートが両手で偵察ゴーレムの整備を再開する。凄まじい手早さで解体した部品を点検しながら、ぽつりと一言。

「あいつの目をこっちに向かせる。他に誰がいようと、大事なのはそれだけだろ？」

「お、おお？」

思わぬ言葉にガイが目を丸くする。その間にも点検の済んだゴーレムが再び組み上がり、ピ

ートの手からぴょんと跳ねて友人の肩の上に乗った。

「おら、戻ったぞ。留守の間に死んだヤツは手ぇ挙げろー」

同じ日の午後にオリバーたちが拠点へ戻り、さらに夕方には試合のために校舎へ移動していたティムとレセディのふたりが帰還した。顔を見せた途端の〈毒殺魔〉の第一声に、彼らを出迎えたシェラが苦笑を浮かべる。

「ここでそれは冗談にならないのですが……。その様子だと、試合には勝たれましたのね？」

「とーぜん。キンバリー生徒会ナメんなっての」

変わらず可憐（かれん）な女装姿のティムが腕を組んで鼻を鳴らす。その隣からレセディが進み出た。

「我々のいない間に何か変化はあったか？」

「新たな骨片が五つ。それとつい先ほど、リヴァーモアによって慰霊演奏が行われた」

そう答えながら、グウィンもまた自前のヴィオラで魔音を奏（かな）でて仲間たちの疲労を癒（いや）す。レセディが軽く頷（うなず）いた。

「我々の活動が死霊（アンデッド）たちを刺激した結果だな。良（い）い兆候だ。ヤツのほうで制御に割く手間が多くなれば、自（おの）ずと付け入る隙も生じてくる」

そう言って、彼女は視線を相手の手前に移す。グウィンの前のテーブルに置かれた五つの骨片。赤い布の上に等間隔で並べられたそれらは、全てレセディたちが留守の間に強力な死霊（アンデッド）から回収されたものだ。

「新たな骨片も集まったようだな。頼めるか、シャノン」

「うん――」

頷（うなず）いたシャノンが立ち上がってテーブルへ歩み寄り、骨片の真上に白杖（はくじょう）をかざす。その様子を見て拠点に残っていた面々も自（おの）ずと寄り集まり、レセディたちに続いて、オリバーもまた従（あ）姉（ね）の杖（つえ）に自分のそれを重ねた。


「――死霊術はね。あの頃、本当に当たり前って感じで」

少女の声が遠い過去を語る。いつもの底抜けの明るさが、その時だけは鳴りを潜める。

「例えばさ、事故や病気で家族が誰か亡（な）くなるとするじゃない？　残された人は当然悲しいよね。だから、死霊（アンデッド）って形でもうしばらく一緒にいてもらおうって考えるんだ。死霊文明の成立には色んな要素が絡（から）むけど――あの社会を根っこのところで支えたのは、そういう素朴な気持ちだったように思う」

ファウの棺（ひつぎ）に背をもたれ、術式に用いる骨の手入れをしながら、リヴァーモアはそれを聞いている。同じ内容を何度語られようとも、決して聞き流すことはしない。

「……お前の身近にもいたのか？　そうした死者が」

「うん、お兄ちゃんとお婆(ばあ)ちゃんがね。……ああ、もちろん剝(む)き出(だ)しのガイコツとかじゃないよ？　あの頃は死体の外見を取り繕う技術も発達してて、パッと見ただけじゃ生きてる人と区別が付かないくらいだったんだ。お婆(ばあ)ちゃんなんて本人の希望で生前より綺麗(きれい)に仕上げてたくらいで――おっと、これは内緒だった。忘れてサイラス」

　口止めされたリヴァーモアがふっと笑う。ファウはなおも語り続ける。

「話せばそりゃ、生者と違うなってのは分かったけどね。お兄ちゃんもお婆(ばあ)ちゃんも優しかったし、生きてようと死んでようと、ふたりとも私の大切な家族だったよ。まぁ、この辺は私の生まれが恵まれていたのも大きいんだろうね。魔法使いの家族は死後労役が免除されることが多かったから」

「死後労役？」

「読んで字の如(ごと)く、死んだ後に働く義務のことだよ。死霊文明とは切っても切り離せない概念でね。死霊(アンデッド)を効率的に運用する手段のひとつが『生前から契約で縛っておく』ことで、こうすると死後もスムーズに労働へ従事させることが出来るんだ。

　当時の普通人にはたいていこの義務が課されていて、労役の長さは生前の社会貢献や犯罪歴なんかに応じて変化した。死後に家族とのんびり過ごしたい、あるいはさっさと昇天したいなら、生きてる間に頑張って働かなきゃならないわけだね。なんとも世知辛い話」

ため息の気配が棺(ひつぎ)越しに伝わる。ぴかぴかに磨き上げた骨が、リヴァーモアの傍(かたわ)らにまたひとつ並んでいく。

「欠点や問題点を上げればキリがないけど——まぁそれでも、死霊文明という字面(じづら)から想像されるほどの暗黒郷(ディストピア)じゃなかったと思うよ。いいことがあれば悪いこともあって、笑い顔があれば泣き顔もあった。今だってそうなんじゃない？」

頷(うなず)いて返しながら、リヴァーモアはふと思う。——そうした死霊文明の「日常」に直接憶(おぼ)えがあるということは、ファウの人生の一時期において当時の社会は健在であったということ。しかし、そのまま問題なく続いていれば、彼女は今こうなってはいない。

「……突然だったのか？　滅びは」

「それなりにね。普通人が語り継ぐお話みたいに一夜で滅んだりはしなかったけど、きっかけになった大禍(メイルシュトローム)のことはよく憶(おぼ)えてる。呑(の)まれた街が三つ、被害を止めるために自分で焼いたのが五つ。何万人死んだかは分からないけど、私のお母さんもその時に死んだ」

少女の声が滅びを語り始める。口調がひどく淡々としているのは、かつてリヴァーモアの曽祖父に、そのまた先代に、数え切れないほど話してきたことだからだろう。

「そこからはもう坂道を転がり落ちるが如(ごと)く、だよ。死霊術に対する民衆の不信感が天井を越えちゃってね。魔法使いの間でも仲間割れが起きて、ゴチャゴチャやり合った末に脱死霊術を掲げる一派が政権を握った。もっとも、彼らがその後どうなったのかは知らない。その頃にはもう、私は迷宮都市に移動させられていたから」

「それが現在で言うキンバリーの迷宮か」

「ご存じの通り、君のご先祖様が私を発掘したのもその場所さ。最初に話を聞いた時は驚いたよ、いつの間にか上に学校が出来ていたなんてね。まぁ、あの迷宮は元々何度も管理者が代替わりしていたし、私たちの後がいるのは予想の内だった。こんなおかしな形じゃなくて、普通に私たちの子孫と君たちが出会えていれば良かったんだけどねぇ」

「なぜ生き延びられなかった？　そこに避難した連中は」

「というよりも、最初から生き延びさせる気がなかったんだよ。あれは最初から死者の街としてデザインされた場所なんだ。あの頃の死霊術師には度し難いところがあって、根本的に生者ってものを信用していなかった。奴らは簡単に変わるし裏切る——国を追われた経験から、そんな恨み節が染みついていたのは否定できないね」

「……何を遺そうとした？　生存すら目的でなかったのなら」

あえて知れ切ったことをリヴァーモアが尋ねる。ファウはくすくすと笑う。

「君に分からないはずがないだろう？　魔道だよ。私たちが編み出した死霊術の秘奥の全てを、遠い未来へ伝えるためにあの場所へ埋葬した。魂を契約で縛った数万の守り人たちと共に」

「お前もそのひとりか」

「いいや。私は『全て』のほうさ」

彼女がきっぱりと訂正する。腕を組んで胸を逸（そ）らす姿がリヴァーモアには見えるようだ。

「君も知っての通り、魔法というのは本に記して残せるものばかりじゃない。どれだけ資料が残っていても、肝心の血統が途絶えたせいで再現が困難になった術式は山ほどあるだろう？　高度な術式ほどそうなりがちだ。ものすごく端的に言えば、難しい魔法は使い手とセットでなければ後世に遺（のこ）せない」

それこそ魔法使いが家を営む理由。一方で、血統が絶えることを前提に手を打たねばならない局面もある。例えば、本人の所属する社会そのものが滅びに瀕（ひん）している時。

「さっきも言ったように、当時の死霊術師は生者を信用しなかった。だから、血統を繋（つな）ぐのとは違う形でこの課題を解決しようとしたんだ。その失敗例のひとつが無貌の古人（ザッハーク）だね。彼らは死者だからもう呪文を唱えられないけど、その一方で珍しい魔法を使うだろう？　あれは生前に修めた魔法を、技術ではなく機能として体に残そうとした結果なんだ。保存という意味では一応成功しているけど、肝心の伝達性が確保できていない。設計に無理があるのか、無貌の古人（ザッハーク）は自我を失うのが他の死霊（アンデッド）よりもずっと早いんだよ。生前の人格を遺（のこ）した個体はあの場所にもういないだろうね」

つまりは特殊に調整された死霊（アンデッド）なのか、とリヴァーモアは無貌の古人（ザッハーク）への認識を改める。いずれ本物を分析して解き明かそうと心に決めた。

「そんなこんなで成功例にはついに辿（たど）り着けなかったけど、辛（かろ）うじて失敗しきっていない例ならある。それが私だ。タイムカプセルなのさ、つまるところは。この棺は中に入った魔法使いの霊体の摩耗を防ぐために造られたもので、それで私は今もこうして君とお話ができる。いわば死にたてピチピチの鮮度を保った死霊というわけでね。どうだい、すごいだろ？」

「ああ、よく分かった。死人のくせに口数が多い理由が」

　お決まりの皮肉でリヴァーモアが返す。その気の置けなさを喜んで彼女が笑う。

「分かってもらえて嬉しいよ。ただ――問題は、このままでは意味がないってことなんだ。口数が多いだけの死人は古い本とさほど変わらない。杖を振ることも呪文を唱えることも叶わないのなら、結局のところ私には死霊術の秘奥を君に伝える術がない。この棺から出て体を得ないことには何も始まらない」

　徐々に口調が切迫感を帯びる。無論、リヴァーモアにも分かっている。彼女がこうなった目的は未だ果たされていないのだ。軽く千年を越えてなお変わらぬ自分の状況に、本人が焦りを覚えていないはずもない。

「ここが厄介なところでね。この棺は霊体の摩耗を防いでくれているけど、それは一時的に誤魔化しているのに近い。その反動で、棺の蓋を開けた瞬間から一気に劣化が始まる。そうなればものの数分で私の人格は消えてしまうだろう。君に魔法を教えている暇もない。必然、この問題を解決するためには――」

「新しい器を用意する必要がある。骨から何から、お前のために特別に拵えた肉体を」

リヴァーモアの口が自らの使命を語る。彼女が厳かに頷く気配が伝わる。

「そう、それが君に託された課題だ。……もうひとつ大きな課題があったんだけど、それはダグラスが頑張って解決してくれたからね。君の才能なら決して不可能じゃない。期待しているよ、サイラス」

「全力を尽くすとも。口うるさい死人をさっさと背中から降ろせるようにな」

大きな期待に対して、リヴァーモアはいつもの減らず口で答える。大仰に気負って見せるよりも、そうしたほうが頼もしく聞こえると知っている。一方で、そんな気配りすらきっと、相手は見透かしているだろうことも。

「その意気だ。……でも、あまり急がなくていい。ゆっくり準備しておくれよ、サイラス」

「いいや急ぐ。さっさとお前が自分の目で海を見られるようにして、それで晴れておんぶ係もお役御免だ。ここで約束してやる。いいか、誓って四十年は待たせんぞ」

自信も露わにリヴァーモアが宣言する。その言葉に、棺の中の少女はくすくすと笑う。

「ふゥ――――――ッ！」

老爺が口をすぼめて空気を吹き出した瞬間。三段重ねの特大ホールケーキの上に槍衾のごとく立ち並んでいた無数の蠟燭が、その下のクリームとフルーツとスポンジ上半分もろとも一斉に吹き飛んだ。放物線を描いて宙を舞った後、それらは同じテーブルを挟んで老爺と向き合う少年と棺にことごとく直撃する。

「がははははは！　見ろ、二百本吹き消してやったわ！　これぞ詠唱で鍛えた魔法使いの肺活量よ！」

「……お誕生日おめでとうございます、曾爺様。二百歳を迎えられても変わらず……いえ、ますますご壮健で何よりです」

とっとと耄碌してくたばれクソ爺――という心の声は胸に仕舞いつつ、クリームまみれの顔で少年が祝辞を述べる。そんな彼と棺に老爺が笑いながら呪文を唱え、全身にまとわりついたケーキの残骸を一瞬で吹き飛ばす。

「機嫌を直せサイラス。分かっておろう？　こうして爺の茶番に付き合わせるのも、お前がいっとう可愛いからよ」

「もちろん理解しております。これまでさんざん可愛がって頂きましたので」

少年が手拭いで顔を拭く間にもダグラスは残ったケーキの下半分を手元に引き寄せ、素手でむしゃむしゃと食らい出す。栗鼠のように頰を膨らませ、口の周りをクリームで真っ白にして。少年は鼻を鳴らした。――まったく、これのどこが御年二百歳だというのか。

「そんな可愛い曾孫に、実はひとつ訊きたいことがあっての」

「何なりと」

「お前は儂より先に行けるか？」

あっという間にケーキを平らげた老爺の口から問いが放たれる。これまでと何ら変わらぬ口調——しかし、そこに一片の冗談も含まれないことを察して、少年はすぐさま背筋を正した。昔からそう。この曽祖父は、茶番と本番の間に境界というものを持たないのだ。

「……御身の偉大な血を受け継ぐ身として、それこそが生涯の務めと心得ます」

「模範解答は要らん。お前の実感を言え、サイラス。あるいは予感と言い換えてもよい」

深く抉るように問いが重なる。その視線を受け止めて数秒逡巡し、少年は小さく息を吐く。

「……率直に答えても？」

「応よ」

「遅くとも四十年、早ければ三十年の後。リヴァーモアの名が示す魔法使いは、曾爺様から私に切り替わっていることでしょう」

傲然と腕を組み、相手の目をまっすぐ見据えたまま、少年はきっぱりとそう答えた。聞いた老爺が盛大に噴き出し、吹き飛ばされたケーキの残骸がテーブルを越えて部屋中に散らばる。

「ぐァはははは っ！　小僧め、よう抜かしよる！　上等上等！　ならば儂は、四十一年目にそれを再び塗り替えるとするか！」

弾けるように大笑したダグラスがその勢いのまま席を立って歩き始める。少年の隣で一度足を止めて、老爺はその頭に大きな掌をぽんと置く。

「お前のおかげで良い誕生日になった。礼を言うぞ、サイラス」

「ひとつ言伝が」

会話の終わりを見て取った少年が静かに告げる。隣の棺から預かった言葉を、先代の担い手へ向けて、彼はそのまま口にする。

「――『二百歳おめでとう。けどね、勘違いしちゃいけないよ。シワが増えて髪が白くなっただけで、君の中身はまるっきりガキのまんまだ。だからあと最低百年生きたまえ。君の場合、それでようやく青年期に突入するくらいのものさ』」

お喋りな死者からのメッセージを、老爺は一字一句噛みしめるように聞き届ける。やがて、その口元がふっと綻んだ。

「懐かしいな、その口振り。……儂が背負っていた頃のままだ」

そう呟いた老爺が再び歩き出す。席を立って振り向き、少年はその背中をじっと見送った。越えていく自分を想像するには、それは余りにも大きな背中だと――そう思いかける自分の弱気を懸命に捻じ伏せながら。

「……ねぇ、サイラス。今日は一緒に夜ふかししないかい？」

「構わん」

隣の棺からの提案に少年が同意する。もとより彼も一睡もするつもりはなかった。――明日の朝、曽祖父が「二百年越え」を果たして帰ってくる姿を見届けるまでは。

それから日没を待たずして、ダグラス＝リヴァーモアは少年の父母と共に屋敷を出た。そこからが誰にとっても長い夜の始まり。いつにも増してお喋りな棺に寄り添って一夜を過ごす間、少年は数え切れないほど壁の時計に目を向けた。

「顔を出せ、サイラス。……曾爺様の御帰りだ」

そうして、夜明けとほぼ同時に部屋の扉がノックされた。その時点で結果は分かった。朗報であれば、それはもっと遅くなければならない。

「昨夜の十八時に始まり、今日の二時まで奮闘された。……見事なものだった」

少年が棺を背負って母に付いていくと、遺体は屋敷の表玄関に面したホールに安置されていた。外傷はまるでなく、一見して昨夜にケーキを貪り食っていた時と何も変わらない。今にもぱちりと目を開いて起きてきそうな、それはどこか冗談めいた光景だった。

「……お疲れ様。頑張ったね、ダグ」

ファウがぽつりと労いを口にする。少年にはまだ、目の前の光景が受け入れられない。

偉大な先人が逝った後も魔道の探求は続く。これまで曽祖父が背負ってくれていた分の重荷が、少年の双肩にずっしりと圧し掛かる。

入学式を経てキンバリーでの生活が始まる。一年の頃から駆け足で迷宮を踏破し、三層まで危なげなく到達できる実力を得た段階で、リヴァーモアは真っ先にその場所を訪れる。

「ここがお前の埋葬されていた迷宮都市か。……ふん、ひどいものだな」

擦り切れた死者たちが彷徨う廃墟の光景を、リヴァーモアは一言でそう評する。彼が背負った棺の中で、ファウもまた同意する。

「うん、ひどいね。施設も死者たちも、あらゆるものが耐用年数をとっくに越えてる。……解放してあげたいのは山々だけど、今の私じゃ何もできない」

「構わん、俺が面倒を見る。ちょうど手駒が欲しかったところだ」

リヴァーモアが迷わず請け合う。雑に放置された死者を手入れしたくなるのは、もはや死霊術を修めた者の本能に近い。ぱきぱきと指の骨を鳴らす彼にファウが笑う。

「剛毅だね、ここの主になる気かい？　……だったら相応しい場所がある。ここの玉座に案内してあげよう」

「玉座？」

「全ての霊廟が同じ形に見える場所へ行きたまえ。その下にここの中枢がある。工房を拵える手間も少しは省けるはずさ――」

「――ッ……」

長い追憶が終わり、同時に襲ってきた強い眩暈（めまい）をオリバーがこらえる。従姉（あね）の手で再生された情景が余りにも鮮やかで、それが遠い過去のものだと知っていても頭が混乱していた。

得られた情報を整理する面々の中で、レセディが静かに口を開く。

「……どうやら、決定的な情報を得たな。元々あった施設を工房に流用しているのなら、移動はまず出来まい。全ての霊廟（れいびょう）が同じ形に見える場所――リヴァーモアは今もそこにいる」

言うまでもなく、彼らにとって何よりも重要な情報はそれだ。レセディの言葉から誰もが感じる。この捜索が、たったいま終盤に差し掛かったことを。

「各自決戦に備えておけ。次の慰霊演奏の開始が、そのまま襲撃の合図になるだろう」

「――流れが良くないな、これは」

前触れもなくふらりと拠点に戻ってきたキーリギが、焚き火（たび）を囲んでいた後輩たちに加わってそう口にする。ふて寝を決め込むロッシの隣で、彼女の分のお茶を用意しつつアンドリューズが尋ねた。

「流れ、ですか。……あなたたちの場合、急いで骨を奪い返す必要もないのでは？」

「ハア、ハ。本音をぶっちゃけてくるじゃないか、Mr.アンドリューズ。いや実際その通りなのだけれど、それも現生徒会のほうが骨を奪還しないことが前提の話ではある」

説明しつつ、キーリギが直火で炙った干し肉をばりばりと齧る。一般的なエルフは肉食を好まないものだが、彼女の場合はむしろ好物である。オルブライトが続けて問いを投げる。

「つまり、あちらは目的に近付いていると？」

「そう感じる。なぜって、動きに焦りが見えない。この段階まで来てリヴァーモアの居場所に繋がる手掛かりがなければ、レセディならもっと別の行動を取るはずだ。もたもたするのがすごく嫌いだからな、彼女は」

親しい相手について語るような口調で言い、それからキーリギはふと真顔になって焚き火を見つめる。その瞳に揺らめく炎が映る。

「だとすれば、追い詰められているのはこちらになる。……少し焦ってみるとしようか」

その言葉に続いて、彼女は薄く笑って立ち上がる。茶葉にお湯を注ごうとしていた手を、アンドリューズがぴたりと止める。

「……出ますか？」

「いや、私ひとりで行こう。少々疚しいことをするのでね」

意味深に言って歩き出すキーリギ。何を今さらと思いながらもそれは口にせず、アンドリューズは目礼して彼女の背中を見送った。

「……筋肉の動き。筋肉の動き、ねぇ……」

表向きは今までと変わらず探索を続けながら、その実は迫る決戦に備える生徒会陣営の捜索隊。全員がそれぞれの形で準備を整える中、三年のロゼ＝ミストラルは自分自身の課題と真っ向から向き合っていた。

「まーだ気にしてんのかミストラル」「昨日Ms.（ミズ）アールトに言われたこと？」

「気にするに決まってんだろ！　俺のスタイルで分身見抜かれちゃお話になんねぇんだよ！」

ミストラルが声を大にして同じ班のふたりに言い返す。彼が気にしているのはつい先日、カティ＝アールトから「分身の見分けが付く」と言われたことだった。その時はまさかと思ったのだが、実際に区別させてみると百発百中。彼を大いに動揺させたのである。

「まず問題を特定しねぇとな。分身の構造か、それとも操作か……。不自然なポイントを洗って一体の操作に集中すりゃ少しはマシになるのか？　アールトに確認させてぇけど、それはそれであいつの目がますます分身に慣れちまうしなぁ……」

ぶつぶつと呟（つぶや）きながら分身を操作するミストラル。もちろん自分の課題に掛かりきりではなく、今は分身に拠点から離れた場所を探索させつつ色々と試行錯誤しているところだ。すでに情報収集の段階は過ぎているが、それを悟らせないためにも、今は「これまでと変わらず捜索してみせる」ことに意味がある。

「ん？　なんだ、あの穴……」

と、廃墟の壁に見覚えのない丸い穴が開いているのを見つけて、ミストラルはそちらに分身を向かわせた。敵が潜んでいる可能性もあるが、仮にそうだったところで攻撃を受けるのは分身である。警戒よりも確認を優先してミストラルがそっと穴の中を覗き込み、

「ばぁ」

その瞬間。真っ白いエルフの女の顔が、彼の視界いっぱいに映し出された。

「――ッ――！」

目と目が合う。声を上げる間もなく全身の筋肉が硬直し、視覚を経由して注ぎ込まれた術式がミストラルの意識を蝕む。

彼の操る分身は精巧である。見た目や動きに留まらず、感覚器においても人間が備える五感を余さず再現している。今はそれが仇になった。リアルタイムで操る使い魔の感覚が鋭いということは、感覚を経路とするタイプの魔術――即ち魅了などが使い手に通ってしまうことも意味するのだ。特異な使い魔を操る彼の存在を、キーリギは捜索の最初から付け入る隙として見定めていたのである。

「ん？」「どうかした？　ミストラル」

彼の様子に違和感を覚えたチームメイトふたりが再び声をかける。が――その時点で魅了の

術式は成立している。何気ない仕草で片手を上げて、ミストラルは彼らに応える。

「――いや、何でもねぇ。死霊に見つかりそうになってよ、ちょっと焦った」

「おいおい、気ぃ付けろよ」「ポンポン出せる使い魔じゃないんだからさ」

「分かってるって……」

ミストラルの背後でチームメイトたちが踵を返す。自分の思考と判断がおかしいことに、もはや彼は自分でも気付けていない。

さらに一日が過ぎた頃。死霊の王国の「玉座」では、リヴァーモアもまた一心に準備を進めていた。

「……大詰めなのは分かるけど。少し休んだらどうだい？　サイラス」

「すでに最終調整を残すのみだ。死人は死人らしく呑気にしていろ」

棺からの声に、魔法陣の細部を杖で調整しながらリヴァーモアが応じる。石造りの広い部屋の床は大半がその魔法陣で埋められており、複雑な文字と図形が幾重にもなるその中心に、布に覆われた「体」が置かれていた。それはゴッドフレイのものを含む多数の骨にリヴァーモアが手ずから精妙な調整を施し、ひとつの人体として厳密に組み上げたものだ。

「死者にだって慰めが要る。況や生者をや、だよ。……君は長く独りでいすぎだ」

「話し相手なら足りている。そこらの生者よりも余程うるさい死人がいるのでな」

大一番を前にした今だからこそ、いつもの皮肉で返す。表には出さない彼の緊張を察した上で、ファウは小さくため息をつく。

「可愛げのない振る舞いがすっかり板に付いちゃって。……と言っても、元を辿ればそれも私が原因か。ひしひしと責任を感じるよ」

「思い上がりと思い込みを同時に口に出すな。訂正が追い付かん」

魔法陣のチェックを続けていたリヴァーモアが、そこでふと動きを止めた。

「……また死霊どもが苛立ってきたな。墓荒らしどもめ、余計な手間を掛けさせてくれる」

鼻を鳴らして踵を返し、部屋の一角に置いたピアノへリヴァーモアが歩み寄る。ここでの演奏は王国全体に音が響くよう仕掛けが施してある。彼の動きに気付いたファウが声を上げる。

「お、慰霊演奏の時間だね。どうせならリクエストを出してもいいかな？」

「勝手にしろ。曲を選ぶのも億劫だ」

そう言って男がピアノの前に座る。曲がリクエストされると、彼はすぐさま両手でそれを奏で始めた。ファウもじっと聞き入る。

「……いい音色だ。上手くなったねぇ、サイラス」

「耳が肥えていなくて羨ましいな。〈聖歌〉や〈魔弦〉に比べれば子供の手習いだ」

「技術で言えばそうかもしれないけどさ。私は君の演奏がいちばん好きだよ。……胸に響く」

鼻を鳴らして演奏を続けるリヴァーモア。が——数分と経たず、その指がぴたりと止まる。

「……？　どうしたんだい、サイラス」

「——」

しばし沈黙。哨戒(しょうかい)に出している使い魔と視界を共有し、王国内の敵の動きをつぶさに観察する。慰霊演奏の開始から間もなく、複数の敵が同時に動き始めていた。それぞればらばらの位置から、しかし全員が同一の場所を目指して。

「——場所が割れている」

男がピアノから立ち上がる。死霊たちの束(つか)の間(ま)の安らぎは、無情にもそこで打ち切られる。

「——急げ！　ヤツに時間を与えるな！」

後に続く後輩たちへ、箒(ほうき)で空中を駆けながらレセディが叫ぶ。慰霊演奏の開始をそのまま合図として彼らの襲撃が始まっていた。その動きはリヴァーモアもすでに気付いているはずであり、どれだけ相手の判断の時間を削(そ)げるかが成否を分ける鍵となる。

「我々が一番乗りだ！　油断するな、必ず死霊(アンデッド)どもが迎撃に出て来るぞ！」

「承知——！」

他の班に比べて位置が近かったオリバーたちが真っ先に「その場所」へ辿(たど)り着(つ)いた。これまでのフェイクと比べると一見してただの荒れ地であり、周囲と比べて目立った特徴は何もない。だが、そこが本命であることはシャノンの能力から特定済みだ。が、

「――いらっしゃい」

荒れ地の真ん中に忽然(こつぜん)とエルフの女が現れた。それに気付いたオリバーたちが着地の場所をとっさに手前へ調整、じゅうぶんな距離を開けた上で相手と向き合う。レセディが先頭に立ってキーリギを睨(にら)む。

「……先回りしていたか。貴様、リヴァーモアと組んだのか？」

「いや。これでやっと組んでもらえる状況になった、という感じだろうな」

ナナオ、ユーリィと並んでオリバーも杖剣(じょうけん)を構える。今の状況で前生徒会とリヴァーモアは利害が一致するため、この場所に先回りされている事態そのものは想定の範囲内。今まで直接の戦闘は避けてきたが、ここまで局面が煮詰まるとなりふり構っていられないと見える。

「お前たちはこの先に行きたいのだろうけど、今は私が門番だ。越えていけるかな？」

「是非もない」

レセディがすぐさま地を蹴って踏み出す。が、その疾走の軌道上にキーリギの足元からすぅと影が延び、

「レセディ殿！」

「――ッ！」

彼女がとっさに横へ跳んだ瞬間、影から無数の黒い刃が槍衾となって突き出す。それらに続いてキーリギの影から這い出してきたものにオリバーが目を細める。数日前に彼らと一度戦った、あの無貌の古人だ。

「そうそう。言い忘れていたけど、門番は私だけじゃない。彼が相棒さ」

「お似合いの相方だ」

吐き捨てるように言ったレセディがひとまず後退し、オリバーたちに寄って指示を出す。

「無貌の古人のほうを頼むぞ。キーリギとは私がやる」

「分かりました。……戦闘の方針は？」

これまでの戦いとは状況が違うことを踏まえてオリバーが尋ねる。少しの黙考を経てレセディが答えた。

「倒す気で攻めろ。時間稼ぎでは足りん。……どうやら、他も同じような状況だ」

オリバーたちは目的地まで箒で上空を移動したが、それは全ての班が同じではない。箒で飛ぶ場合でも、地上戦向きのメンバーが多ければあえて低空を移動することもある。人手不足からティムがまとめて率いるミストラル隊とエイムズ隊もそのパターンだったが、

「うおっ……！」

「ああん？」

その軌道を塞ぐ形で爆炎が広がった。ティムがひとまずそれを避けて左側に着地し、ミストラル隊とエイムズ隊も彼に倣う。二十ヤードほどの距離を開けて、彼らに対空呪文を撃った魔法使いたちがすぐに姿を現した。いずれも知った顔の三年生だ。

「……アンドリューズ隊か。レオンシオ側だよなお前ら。邪魔する気か？」

「そういうことになります」

アンドリューズが硬い声で告げ、両脇のロッシとオルブライトも無言で杖剣を構える。三人の顔を眺めたティムが鼻を鳴らす。

「やりたくもねぇけど義理は果たさなけりゃって面だな。……いいぜ、かかって来いよ。すぐに楽にしてやる」

そう言って右手で杖剣を構え、同時に左手を腰のポーチに回す。せいぜい優しく眠らせてやるかと、ティムが毒の扱いを逡巡し、

「**雷光疾りて**」

その右腕を、まったく予期せぬ背後からの電撃が射抜いた。

「――あァ!?」

杖剣を取り落としつつもティムがとっさに横へ転がる。腰のポーチから抜き取った小瓶を三本指に挟みつつ、彼はたった今自分を撃った相手を見つめた。即ち、虚ろな目でぼんやりと

杖剣を構えて佇むロゼ＝ミストラルを。

「ちょ――」「お前、何やって」

「失礼」

チームメイトのふたりが声を上げかけた瞬間。ミストラルの真横へ駆け寄ったエイムズが、左手で思い切り彼の頬を張った。腰の入った平手打ちをまともに食らい、ミストラルが真横に吹っ飛んで転がる。ほどなく虚ろだった瞳に光が戻り、

「……？　……!?　い、痛ってェェ！」

「目が覚めましたか。Mr.ミストラル」

杖剣を向けてアンドリューズたちを牽制したまま、彼の覚醒を見て取ったエイムズが淡々と言う。その間もミストラルは顔面を押さえて激痛に悶絶している。

「やはり魅了に掛かっていたようでございますね。術式の種類が分かりませんでしたので、手っ取り早く頬を張ってお目覚め願いました。……そちらの仕業でございますか？」

エイムズに問われて、アンドリューズたちが互いに顔を見合わせる。

「……おそらくは」「これやな。疚しいことゆーてたの」

その微妙な反応から、彼らも伝えられていなかった仕込みなのだとエイムズも察した。彼女からは一度視線を外して、アンドリューズが利き手を負傷した〈毒殺魔〉を見つめる。

「どうかお下がり下さい、リントン先輩。治癒の暇は与えません。……規格外の毒を調合して

のける貴方だからこそ、杖なしでそれは扱いかねるでしょう。その瓶の中身をぶちまけては、もはや誰にも収拾が付かない」

「……チッ……！」

毒の危険性と後輩を守る立場を逆手に取った、それは極めてスマートな〈毒殺魔〉への封じ手だった。エイムズが一歩進み出て圧をかけ、正気に戻ったミストラルがその隣に立つ。頬に真っ赤な手形の付いた顔で。

「ご安心を、リントン先輩。私たちの仕事でございます」

「同感だァ。……よくも赤っ恥かかせてくれたなァ。おかげで奥歯ガッタガタだぞコラァ！」

怒りを込めてミストラルが吼え、チームメイトふたりも両脇に並んだ。が、彼らのそんな剣幕とは裏腹に、オルブライトが冷めた目で彼らを見やる。

「よく吼える雑魚どもだ。……まさか六対三なら勝てる、などと思い上がってはいまいな？」

「如何でございましょう。少なくとも、貴方との一対一で負ける気はございませんが」

「――ハ、いいだろう。安い挑発に乗ってやる」

オルブライトとエイムズが真っ向から向き合った。同時にエイムズからチームメイトふたりへ後ろ手にハンドサイン――「こいつは任せろ」の意である。彼女が手練れをひとり相手取ることで、他の面々に数の有利を持たせようとする算段だ。エイムズ以外、アンドリューズ隊の誰が相手だろうと一対一は手に余る。

そんな彼女らの心算は当然に見て取りつつ、アンドリューズも隣の仲間と声を交わす。

「残りは五人か。……どう相手取る？　ロッシ」

「旦那にいちばん可愛い子取られてしもうたやん。適当でええわもー」

ロッシが投げやりに返す。そんな彼にエイムズ隊のふたりが呪文で突っかけ――かくして、捜索開始から初めてとなる三年生同士の戦いが幕を開けた。


一方で、シャーウッドの兄妹に率いられたコーンウォリス隊の前にも、見知った三年生たちが敵として立ち塞がっていた。

「――何よ、誰かと思えばボウルズ隊じゃない。緊張して損したわ」

「ちょちょちょ、いきなりご挨拶でしょコーンウォリス。ぼくらが相手じゃ不満だっての？」

相手の開口一番の発言にボウルズ隊の男子生徒、スペンサー＝ハウエルが文句を付ける。ステイシーが容赦なく頷く。

「不満に決まってるでしょ、何よこの前の試合。あんまり不様すぎて魔法コメディの新作かと思ったわよ」

「ぐっ……！」

リーダーのマーカス＝ボウルズが片手で胸を押さえてたたらを踏んだ。戦闘前の会話ですでに少なからぬダメージを負っている様子の相手だが、グウィンとシャノンの注意は最初からそちらには向いていない。キーリギと分かれて行動しているアンドリューズ隊とは違い、ボウルズ隊にはきちんと監督役の上級生が付いているからだ。

「向こうの上級生は我々が受け持つ。同学年の相手は任せた」

グウィンがそう言って敵の上級生へ目配せし、互いの後輩から同時に距離を置く。その流れを横目で確認しつつ、シェラがステイシーの隣に並び立つ。

「スーの口の悪さはお詫びしますわ。……けれど、今はあたくしたちも急いでいます。邪魔をするなら手加減出来ませんわよ」

「文句言うなよ。手足の一、二本食い千切られても」

フェイが牙を覗かせて軽く威嚇する。と——そこで、ここまで無言だったボウルズ隊の一員、ロドニー＝クアークが待ったをかけるように両手をかざした。

「……言い訳させてくれる？　この二人、生真面目と享楽家で性格的にめっちゃ相性悪くてさ。おれが間に挟まらなきゃチームとして機能しないんだよね。で、前の試合だと、そのおれが真っ先にやられちゃったわけで……」

苦虫を噛み潰したような表情でロドニーが言い、それから改めてコーンウォリス隊の三人を見やる。前の試合で燃焼し損ねた分の戦意をもって。

「油断はこっちも歓迎だけどさ。——見くびると痛い目見るよ、コーンウォリス隊！」

第四章

司祭の務め（リヴァーモア）

「……始まったか」

リヴァーモアの慰霊演奏を号砲に決戦が始まった頃、死霊の王国から三層へと抜ける出口の周りは、数人の上級生と共にガイたちが守りを固めていた。何よりも生還率を重視するレセディの指揮に従って、ここには相応に多くの戦力が割かれている。仮に死霊の集団が押し寄せてきても仲間の到着まで耐え凌げるように。

「大丈夫かな、みんな……。うう、わたしたちも行ければなぁ……」

「落ち着けって。おれたちの能力は防衛向けだし、前線の状況がどう転ぶか分からねぇんだ。退路の確保だって大事な役目だろーが」

落ち着きなく歩き回るカティの両肩を、ガイがそう言ってがしっと掴む。それを眺めていたマルコがしゅんと俯いた。

「ウ、スまナい。おレ、足、遅イから……」

「マルコはなーんにも悪くない！　ありがとね、おっきい体でわたしたちを守ってくれて！すっごくすっごく助かってるよ！」

カティがすぐさまフォローを入れて太い足に抱き着いた。マルコを連れていると機動力こそ制限されるが、防衛力としての頼もしさはそれを補って余りある。この場所をマルコたちが守っているからこそ、前線の仲間は安心して戦えるのだ。

「……負けるなよ、オリバー」

荒れ地の果てを見据えてピートがぽつりと呟（つぶや）く。——友の無事を願いはしない。魔法使いなら、それはただ信じるのみだ。

「**繁り伸び来たれ**（ブロゴロッシオ）」

詠唱によってあらかじめ敷かれていた魔法陣が発動。同時に地面から蔦（つた）とも幹とも付かない赤黒いものが続々と生え伸び、キーリギの体を空高く持ち上げる。何らかの魔獣の触手かと疑うオリバーだが、見ればそれらは明らかに地面へ根差している。ユーリィが目を丸くした。

「えっ、植物を生やした？」

「ここの土でそんなことが——」

にわかには信じがたかった。この場所に満ちる魔素は死霊（アンデッド）たちにとって快適だが、一方で生物には何の恵みももたらさない。ガイの器化植物（ツールプラント）もここではまったく育たず、今に至るまで雑草一本生えているのをオリバーは目にしたことがないというのに。

その疑問の答えを、上級生ならではの豊富な知識と経験からレセディが真っ先に見て取った。

蔦(つた)から蔦(つた)へと飛び移って上空のキーリギを追いかけつつ、彼女はそれを口にする。

「……死霊植物(アンデッドプラント)か。エルフ魔術を冒瀆(ぼうとく)するのが心底楽しいようだな、邪鬼(アールヴ)め」

「ハア、ハ。抑圧の反動というやつだ。自然に生じ得ないこの手のものは、故郷だと外法(げほう)としてとりわけ禁じられていたからな」

笑うキーリギを蔦(つた)が押し上げ、他の蔦(つた)は意思を持つがごとくレセディへと襲い掛かる。その全てを避け、いなし、足場として逆に利用して、レセディはキーリギを追っていく。

「とはいえ、そうした戒めを下らない因習と一蹴は出来ない。こういう不自然な真似(まね)をすると精霊に嫌われるのは事実で、そうなればエルフの魔法使いとしては色々と不都合もある。……しかし同時に、それこそがエルフという種を黴(かび)の生えた自然主義に縛り付けている呪いでもある。お前もそうは思わないか？」

「知らんな。お前の古巣の事情に興味がない！」

問いを跳ねのけて電撃を放つ。それを対抗属性で相殺(そうさい)し、キーリギはなおも語り続ける。

「里にいた頃からずっと考えているのだよ。種としてのエルフは人間に対して魔法適性で上回る。環境適応力や繁殖力でこそ後れを取るが、長寿はそれを補って余りある。だというのに何(な)故(ぜ)――この世界の支配権を巡る過去の争いで、我々はお前たちに負けたのだろうか？」

「戦略が悪かったのだろうな。でなくば補給に難があったか」

「ハア、ハ。お前のそういうところが好きだよ。だが――私はこう考える。素養ではなく、劣っていたのは姿勢だと。魔道の探求における心構え、そのためにあらゆる倫理と法則を踏み躙って躊躇わない一途な傲慢さで、エルフは人間に後れを取った。というよりも、同じ方向へ踏み出すことに躊躇いがあった。——かつて人間よりも神に愛された種族であったが故に」

語る声が神妙さを帯びる。襲ってきた蔦の一本をレセディの杖剣が叩き切る。

「邪鬼という呼び名は、もともと連合の一部地域の普通人たちがエルフを呼ぶ時に使っていたものらしいな。そこでは我々が子供を攫う化け物として伝わっているのだとか。人間側の印象操作の結果なのか、はたまた相当する事実が過去にあったのか——真偽は分からないし興味もないが、『悪いエルフ』という概念は大いに気に入っている。今の我々にとって、それは侮蔑である以上に福音だ」

成長した蔦によってひときわ高い位置に押し上げられたキーリギが、おもむろに自分の胸へ手を当てる。それはさながら、舞台に立ったひとりの役者のように。

「私はエルフの外れ者だ。欲望を愛し、背徳に惹かれ、だからこそ里を追われてキンバリーに流れ着いた。清廉なエルフであった父と母の交わりから、このような鬼子が産み落とされたことに意味があるとすれば——示唆だとは思わないか？　同胞たちに種としての行き詰まりを自覚させ、彼らを次の進化へ導くための」

語る口元が歪につり上がる。エルフの里での孤立に始まり、続く人の世での彷徨を越えて見出した、それが彼女の魔道である。

「故に、背徳と冒瀆（ぼうとく）こそ我が使命。――私は邪鬼（アールヴ）。〈貪欲（アヴァリス）〉のキーリギ＝アルブシューフだ」

キーリギに操られてなおも繁茂を続ける死霊植物（アンデッドプラント）。新たに生えては伸び続ける蔦（つた）が彼女とレセディを上空へ押し上げるほどに、その下もまた異界の森林のごとき様相を呈していた。

「――むぅ、刈り払った端から生えてござる」

「俺たちの火力では成長のスピードに追い付けない。まずいな、このままだと――」

オリバーが言いかけた瞬間、その背中を狙って近くの木の影から刃が突き出す。先読みして回避、さらにカウンターの電撃呪文を影に撃ち込むオリバーだが、それでも手応えはない。攻撃の直後には別の影へと移ってしまっているのだ。前の戦いでは空を飛ぶ骨鳥が影を落としていたが、今はキーリギの生やした森がそれに代わっている。

「――影が増えていく一方だ。あちらにますます有利な地形になってしまう」

「いっそ先輩みたいに木の上を跳んで戦う？　ぼくもそういうの割と得意だけど」

「いや、俺たちが空中を逃げ回ると無貌（ザッハーク）の古人の狙いがイングウェ先輩へ向きかねない。こちらは地上で何とかしなければ」

自分たちの状況と役割を踏まえてオリバーが言い、それから仲間ふたりへと意識を移す。活路が見えない状況でこそ活（い）きるのが、ナナオとユーリィの直観力だ。

「この相手との戦闘は二度目だ。ふたりとも、観察から見て取れたことは？」

「んー、とりあえず、影の中にずっと潜ってはいられないみたいだよね。最高で十秒くらい？」

「影から影へ渡る速度もさほど速くはござらん。地上での早足程にござろう」

　ここまでの戦闘の間に、ふたりとも抜け目なく敵の特性を分析している。周囲の影に警戒しつつ、オリバーが軽く頷（うなず）いた。

「同感だ。加えて、本体が影に出入りする時は、その影に一定以上の大きさが必ずある。入る時には自分の影を使えるが、出る時にはあらかじめ存在する影を使わなければならない。……狙うとすればそこだ。**仕切りて阻め（クリペウス）**！」

　ふと思い立ち、オリバーが遮蔽呪文で後方のやや離れた位置に壁を立てる。……今の時点では何の意味もないが、それでいい。ナナオが竜騎兵（ドラグーン）と戦った時と同じこと。一手で勝てる相手でないのなら、相応の段取りを踏むまでのことだ。

「場所とタイミングを決めて追い込む。ふたりとも合わせてくれ」

「応！」「任せて！」

「フウッ――！」

間合いが一足一杖に入った瞬間、オルブライトが上段から刃を打ち下ろした。その手首を狙い打つ形でエイムズが刺突を繰り出すが、狙いを読んだオルブライトは斬撃の軌道を変えて相手の杖剣にそれを叩き付ける。重い一撃に姿勢を崩しかけたエイムズへ、さらに下から斬り返しの一刀が襲い掛かり、

「ハァッ――！」

ガードごと斬り伏せるような一撃を、彼女は刀身に左手を添えて受け止め――同時にその勢いを吸収し、自ら後方へ跳んだ。オルブライトがむ、と唸って追撃を思い留まる。彼の力を利用して上体を起こしたことで、エイムズの姿勢は直前よりもむしろ回復していた。

「ふん、ちょこまかとよく動く。小軀を活かした立ち回りが小癪だな」

「お疲れでございますか。では、少々緩めて差し上げましょうか」

改めて中段に構えたエイムズが言ってのける。オルブライトが呆れたように鼻を鳴らす。

「挑発にしても的外れだな。なぜ俺が追わねばならん？」

傲岸にそう言って、オルブライトは杖剣を再び上段に据えた。構えに圧が漲る。

「窮して向かってきたところを叩き潰す。鼠にはそれでじゅうぶんだ」

「不十分かと。窮する予定はございませんので」

不遜に返してエイムズが動き出す。驕れる大猫の喉笛を搔っ切るチャンスを求め、その刃が技を尽くして走る。

「イマイチおもろないでジブンら。もうちょい楽しませてや」

「ナメんなこのっ！」「こちとら鬼教官に連日シゴかれてんだよ！」

一方で、絶え間ない波状攻撃で襲い掛かるエイムズのチームメイトふたりを、ロッシは明らかにやる気のない様子で投げやりに凌いでいた。その態度がいっそう相手を苛立たせるのだが、本人はどこ吹く風だ。

「まー、試合の時よりはだいぶマシやな。――ほな、ちょっとだけ遊んだるわ」

そう告げたロッシの体がふらりと前方に傾ぐ。お得意の転がりかと読んだふたりが跳んで後退する。が――ロッシは不安定な体勢から転がらず、それでいて地を蹴ることもなく、地上を滑るように前進。反応し損ねたふたりの間をすり抜け、左右の背中をぱしんと手の甲で叩く。

「な……」「ど、どういう動き……！」

「クーツの剣士は地上でも雲を踏むゆーてな。それっぽくなってきたやろ、ボクのも」

振り向いたロッシがにぃと笑い、そんな彼にエイムズ隊のふたりはなおも果敢に攻めかかる。

――が、同じ場所で戦いはもうひとつ起こっていた。オルブライトがひとり、ロッシがふたり受け持ったのなら、残る三人の敵はアンドリューズの預かりで当然だが――実際には、彼の前にはその二倍以上の敵の姿がある。

「……実体分身と影分身を加えて八人か。ずいぶんと賑やかだな」

「出し惜しみしてらんねェからな」「一気にいかせてもらうぜェ！」

初手から分身と変化をフル活用しての総攻撃である。ミストラルとしては分身を練り上げるまでが勝負になると思っていたのだが、その予想に反して、アンドリューズはここまで攻撃を仕掛けることなく傍観していた。じりじりと迫ってくる八人を少年はざっと見回し、

「**来たれ突風**（インベトゥス）」

「うぉっ⁉」「わっ！」

正面ではなく背後から吹き付けた風がミストラルたちの体を強く押す。その瞬間の全員の動きを、アンドリューズは確かに目にした。

「——なるほど。**切り裂け刃風**（インベトゥス）！」

避ける間もなく風の刃に両断され、ふたつの実体分身が同時に炸裂（さくれつ）する。反撃の呪文を下がって躱（かわ）しつつ、アンドリューズは八人から六人に減った敵を眺めて口を開く。

「この距離で影分身には惑わされようがない。問題は実体分身だが——重心制御で即座に姿勢を回復した他の三人に比べて、分身は上体の起こしがワンテンポ遅れていた。君たちのほうで合わせるべきだったな」

「……言ってくれるぜ」「敵の目の前で隙見せろってか」

本物と分身は、自発的な挙動よりもとっさの反応（リアクション）のほうに差異が出やすい。その点を上手（うま）く利用した敵の判別法に、ミストラルは苦い気持ちを噛（か）みしめる。

「分身と本物を区別させないために、呪文の使用をギリギリまで遅らせるのも君たちの悪い癖

だ。せっかく数の利があるのに先手を譲ることになる。前の試合のように入念な準備がある場合はまだいいが――こうした遭遇戦では、詐術と魔法戦闘の融合の不完全さが浮き彫りだ」

「おいこら。人の痛ェところを」「そうザクザク突いてくんなよ！」

分身を減らされたことで陣形を変えるミストラル。が――その意識の隙へ滑り込むように、横合いからの電撃が彼を襲った。気付いて飛び退るものの躱しきれない。

「ぐッ……！」

「根が真面目だな、ミストラル。僕の話に耳を傾けすぎだ」

アンドリューズが冷然と告げる。電撃の掠めた左腕が感覚を失い、ミストラルは舌打ちしてそれが放たれた方向を睨む。エイムズ隊のふたりの向こうで、彼女ら越しにミストラルを狙い撃ったロッシが飄々と笑っていた。ふたりが慌てて距離を取り直しミストラルと合流する。

「ごめん、抑えきれてなかった！」「むっかつくわ、ロッシの奴ぅ……！」

「気にすんな。先に下手ァ打ったのは俺だ」

そう言って、彼はエイムズの平手打ちでぐらつく奥歯をぎゅっと噛みしめる。――アンドリューズの言葉に気を取られて他の敵への警戒を怠っていた。自分の未熟さが嫌になるが、反省会で自分を責め尽くすのはまだ後でいい。

「さすがに決勝進出チームは半端じゃねェ。でもよ――俺たちも連敗は御免だよなァ！」

その言葉で他の面々を鼓舞し、ミストラルが杖剣を掲げる。チームメイトふたり、エイムズ隊のふたりも戦意を新たにした。

そんな後輩たちの様子を背後から見つめて、ティムはぎり、と奥歯を噛みしめる。利き手をやられては自分で負傷の治癒もできず、腰のポーチにひしめく毒瓶の凶悪さが、今は逆にティム自身を苦しめる。

「……下級生相手に杖なしで使える手頃な毒がねぇ。クソッ、決戦仕様が裏目に出たか」

「ウルォォォォォォォオオオ！」

雄叫びと共に地を蹴ったフェイがボウルズ隊のひとりへ飛び掛かる。両脚を人狼体に部分変化した上での踏み込みはもはや獣の突進に等しく、一撃を辛うじて受けたスペンサーが押されて地面を後ずさる。

「……ッ……！　いきなり激しいでしょ、Mr.ウィロック。僕は責められるの好きじゃないんだけどねぇ……！」

「気が合うな。俺もだ」

不敵に言葉を返しつつ、フェイがなおも獣の俊敏さで攻め立てる。一見して一方的な戦いに見えるが、後ろからその様子を眺めるスティシーにはスペンサーの立ち回りのしたたかさもまた見えていた。押されているのは半ば演技。あえて危なっかしく見えるように攻撃を受け続け、それを餌にフェイの大振りを待ち構えているのだ。

「……何よ、いい動きじゃない。試合で見せなさいよねそれ」

「そのつもりだったんだッ！」

悲鳴じみた声と共にボウルズの杖剣が振るわれ、それを捌いたステイシーがカウンターの突きを差し込む。一足一杖の内側で繰り広げられるふたつの戦いを、やや離れた位置からシェラが俯瞰する。

「……なるほど。あのふたりがダブルエースで、貴方が司令塔。本来はそういうチームでしたのね」

「分かってもらえて助かる。ご理解ついでに、後ほど前の試合のフォローも頼めないかな。友誼の間とかで『あいつら意外とやるよ』って話してくれるだけでいいから。このままだと全員の婚活に差し支えるんだよマジで……」

疲れ切った声でそう口にしたのは、シェラと呪文の間合いで向き合うボウルズ隊のメンバー、ロドニー＝クアーク。先の試合では潜伏を見抜いたアンドリューズの魔法で序盤に仕留められてしまい、活躍の機会をまったく与えられなかった少年だ。縦巻き髪の少女が苦笑する。

「確かに切実ですわね、それは。――ここであたくしたちを降したなら、その事実は何の脚色もなく周りへ伝えると約束しましょう。これでよろしくて？」

「さすがはＭｓ．マクファーレン。話が分かる女って素敵だよ」

そこで会話を打ち切って呪文戦を再開するふたり。そんな後輩たちから大きく離れた位置で、彼女らの監督役である三人の上級生たちが静かに睨(にら)み合(あ)っていた。ボウルズ隊を監督する前生徒会陣営の七年生、エリゼ＝キュヴィエがぽつりと口を開く。

「――知ってはいたが、妹のほうは本当に攻撃してこないのだな。何らかの制約があるのか、それとも単に出し惜しみか……。正解はどちらだい？　シャーウッドの兄妹(きょうだい)」

「前者ならば問われて明かすことはない。後者ならば我々を追い詰めれば自(おの)ずと答えは出る。無駄口はここまでだ、キュヴィエ」

「つれないなぁ『魔弦』。お前の奏(かな)でる音色はあんなにも雄弁なのに」

キュヴィエの杖(つえ)先が揺れ、舌に呪文の最初の音が載る。その瞬間からグウィンの対処も始まっている。発音から想定される呪文を選別し特定、上級生の中でも図抜けたその判断の早さによって、彼は時に呪文戦ですら後の先をやってのけるが、

「――**氷雪猛りて(フリグス)**！」

前の敵へ集中するグウィンへと、ふいに上空から火球が降り注ぐ。奇襲を察したシャノンが対抗呪文をぶつけて打ち消すが、ふたりに攻撃を仕掛けた敵の姿は遥(はる)か上空にある。箒(ほうき)で旋回する三人組の姿を視界の端に収め、グウィンがわずかに眉根を寄せた。

「上空からの呪文投下？　箒(ほうき)で飛びながらこの狙いの精度……リーベルト隊か」

「いい感じだろう？　前の試合で目を付けてさ。三人とも悪くないが、特にMs(ミズ)・アスムスは

とびきりの駒に育つ。有望な後輩に勝利の美酒を味わわせてやっておくれよ」

「断る。こちらも従弟（おとうと）を可愛（かわい）がるので手一杯だ」

　グウィンが真顔で拒絶する。キュヴィエが苦笑して杖剣（じょうけん）を構える。

　死霊植物（アンデッドプラント）の森で繰り広げられるホーン隊と無貌（ザッハーク）の古人との戦い。互いの神経を削り合う息詰まる攻防の果て、ついにオリバーが仕掛けるタイミングを見て取った。

「――詰めの頃合いだ。ナナオ！」

「応！」

　指示を受けた東方（エイジア）の少女が刀を腰だめに構える。詠唱前の一呼吸に合わせて、オリバーとユーリィが同時に跳躍。

「**斬り断て（グラディオ）　刃よ（フェルーム）！**」

　二節の詠唱を経て繰り出された切断呪文。オリバーとユーリィの真下を薙（な）ぎ払（はら）ったそれが、麦でも収穫するように一帯の木々を丸ごと斬り払う。根元から支えを失って一斉に倒れ始める異形の木々だが、切断面に一定の角度を付けているため倒れる方角は予測済み。三人はすぐさま倒壊の範囲外へ移動するが、無貌（ザッハーク）の古人にはその必要もない。迷わず自分の影に潜って木々の倒壊をやり過ごす。

「潜ったな。――地を焼き焦がし（フォルティス）　炎熱は覆う（フランマ）！」
「**地を焼き焦がし（フォルティス）　炎熱は覆う（フランマ）！**」

オリバーとユーリィの放った火炎が倒木を一斉に焼く。通常なら切り出したばかりの生木は燃えにくいものだが、属性が反転している影響で、死霊植物（アンデッドプラント）のそれは不気味な赤紫の炎を上げて激しく燃え始めた。が――ここで重要なのは倒した木々が燃えたことではない。そこから生じた炎が一帯を埋め尽くす勢いで燃え上がっていくことだ。

「……周りの出口は全て炎で塞いだ。これで奴（やつ）は他へ向かうしかない。十秒以内に辿（たど）り着（つ）ける範囲にある直径一ヤード以上の影へ」

倒木の影は残らず炎に包まれているため、無貌の古人（ザッハーク）はそれらを出口に使えない。また揺らめく炎も影の輪郭を掻（か）き乱（みだ）し、影渡り（シャドウクロール）の実行そのものに難が生じる。その限られた条件下で無貌の古人（ザッハーク）に与えられる選択肢は少なく、それを考える間にも影渡り（シャドウクロール）の限界時間が近付く。

十秒ギリギリで辿（たど）り着（つ）ける場所に大きく輪郭の確かな影を見出（みいだ）し、そこへと渡った無貌の古人（ザッハーク）が息継ぎのために顔を出す。無防備なその瞬間を、すぐ近くで三つの杖剣（じょうけん）が出迎える。

「そう、ここだ。――**雷光疾りて（トニトウルス）！**」
「**雷光疾りて（とにとうるす）！**」「**雷光疾りて（トニトウルス）！**」

彼らの放った三発の電撃をまともに浴びて、無貌の古人（ザッハーク）はその場に頭から倒れ伏した。確認にもう一発呪文をぶつけても相手は動かず。決着を見て取ったオリバーがフゥと息を吐く。

布石が上手く働いての勝利だった。倒木の延焼によって無貌の古人の逃げ道を限定しつつ、誘導する出口を事前に用意しておく。無貌の古人が最後に逃げてきた影は、数分前にオリバーが遮蔽呪文で建てた壁の下に生じたもの。敵は自らその場所を選んだつもりで、実際にはオリバーたちに誘導されていたのだ。

「ユーリィ、骨片の回収を頼む！　――イングウェ先輩、こちらは倒しました！　下から援護します！」

上空で今なお続く戦いを見上げてオリバーが声を放つ。レセディと空中を踊るように戦いながら、それを聞いたキーリギが目を丸くする。

「なんと、もう倒されたのか？　かなり強力な個体だったはずなんだが」

「こちらの後輩も規格外ばかりでな！　四対一になるぞ、リヴァーモアに追加の駒を頼んだらどうだ⁉」

「いやいや。そのくらいは自分で手配するとも」

そう言った瞬間、箒に跨ったふたりの生徒がキーリギのもとへ飛んできた。三年のオルブライト、アンドリューズの顔がそこに並んだのを見て、レセディがぎりっと歯噛みする。

「アンドリューズ隊のふたり……⁉　こちらの班を抜いてきたか！」

「頼もしい後輩はこちらにもいる。ハァ、ハ――これで四対三。まだまだ楽しめそうだ」

援軍を得て調子づくキーリギ。そんな敵を前に、レセディがふと静かな声を投げる。

「……いい機会だ。キーリギ、ひとつお前に言いたいことがある」

「うん？」

「お前は強い。七年生の中でも十指に入る手練（てだ）れと言って良いだろう。戦闘に限ればどうにか私も張り合えるが、魔法使いとしての総合力では本来遠く及ばん」

「おいおい、どうしたんだ急に。照れるだろう、そんなにお前から褒めちぎられると」

称賛されたキーリギが手で顔を押さえて恥ずかしげにする。が、レセディは淡々と続ける。

「早合点（はやがてん）せず最後まで聴け。……それだけの実力を台無しにする欠点が、お前にはあると言っているのだ」

その言葉を聞いた次の瞬間。何かにはたと気付いて、キーリギは周りの後輩たちを見つめる。

「――おや？　おやおやおや？」

アンドリューズとオルブライトがにやりと笑う。その顔を覆っていた偽装が剝がれ落ち、内側から本当の顔が現れる。即（すなわ）ち、ミストラル隊のふたりの顔が。

「バレたね。……ウチのリーダーから伝言」

「『これでおあいこだァ、クソエルフ！』」

そう告げた両者が時間差で呪文を撃つ。一発目は対抗属性で相殺（そうさい）、二発目は死霊植物（アンデッドプラント）の葉を蹴っての跳躍で、キーリギはそれらを危なげなく躱（かわ）した。だが――これもまた五手詰め。レセディが足元を狙った三発目の呪文を避けるために、キーリギは踏み立つ虚空（スカイウォーク）での上昇を余儀なくされる。

「そう。それが貪欲のツケだ」

すかさずレセディが死霊植物（アンデッドプラント）を蹴って跳び、こちらも空中で踏み立つ虚空（スカイウォーク）を行使して相手へ迫る。それをギリギリまで待ったキーリギが、視線と動きによる二重のフェイントを経て真横へと二歩目の空中歩行。レセディの繰り出した蹴りは外れて空中を空振った――かに見えて、その靴底が力強く虚空（こくう）を踏みしめる。キーリギの口があちゃあ、と自らの失態に歪（ゆが）んだ。彼女はすでに踏み立つ虚空（スカイウォーク）の二歩目を使った後だが、レセディはまだ一歩分を残している。

「理解できたか。――お前には、致命的に人望がない！」

相手を追い詰めた〈撲殺魔〉が満を持して回し蹴りを放ち、キーリギがとっさに左腕を盾にする。だが――その骨もろとも、レセディの一撃は邪鬼（アールヴ）の脇腹を蹴り砕いていた。


「――成功したぜェ」

仲間からの連絡を受け取ったミストラルがぽつりと告げた。それを聞いた途端、彼らと戦っていたアンドリューズとロッシが動きを止める。

「なら、戦いもここまでだな。……合わせてもらえて助かった」

「おっ、あの先輩に一泡吹かせたん？　見たかったわーそれ」

ロッシがいきなり上機嫌になり、ざまぁみさらせとばかりに口笛を吹く。ミストラルがむすっとした顔で言葉を続ける。

「赤っ恥の借りは返した。そのチャンスを譲られたのは気に食わねェけどな。……前生徒会支持じゃねェのか？　お前ら」

「立場の上ではそうだ。……が、今の我々の最優先事項はあくまで決闘リーグの優勝。選挙戦の暗闘にこれ以上巻き込まれては、肝心の決勝の準備に差し支える」

迷惑極まりないとばかりにアンドリューズが答え、その上でさらに眉根を寄せる。

「それに、個人的には流れも気に食わない。……先の上級生リーグ予選で、ゴッドフレイ統括はご自分の在り方を示した。結果としてリヴァーモア先輩に不意を突かれはしたが、生徒の被害を最小限に抑えられたのは予選開始直後からの彼の行動があってこそだ。だというのに、そのおこぼれに与っただけの前生徒会が選挙を制する——というのは、勝ち方として余りにも拙い。そんなことで誰が彼らに付いていく気になるというのか」

一年の頃の彼、まだオリバーやナナオと出会う前のリチャード＝アンドリューズであれば、こうは思わなかったかもしれない。だが、今の彼は知っている。勝ちと負け、そのどちらにも貴賤があることを。

「彼らもまた示すべきだ。自分たちが何者なのか、キンバリーの今後をどんな形で背負うのか。そのためにも、彼らにはベストコンディションのゴッドフレイ統括に正面から打ち勝ってもらいたい。それなら誰も文句は言わない」

「せやな。ボクかて、つまらん連中にこの学校の頭張って欲しくないわ」

ロッシが同意の頷きと共に言葉を重ねる。と、そこでアンドリューズが何かに気付いて上空を見上げた。空を飛ぶ使い魔から放たれた魔力波が彼に届いたのだ。

「キーリギ先輩から撤退指示も来た。……こちらも言い訳を考えておかなければな。引き上げるぞ、オルブライト」

「少し待て。まだ鼠を潰し切れていない」

「今少しお待ちを。このド畜生を仕留められてございませんので」

「ミンがんばれーっ!」「ミン最強ーっ!」

一方でオルブライトとエイムズはと言えば、場の流れを完全に無視して一対一の戦いに没頭していた。ミストラルに右手の治癒を受けながらその様子を眺めて、ティムがははっ、と笑う。

「楽しくやってんなぁ、お前ら。……やっぱキンバリー生はこうじゃねぇとな。

おら、一旦切り上げろエイムズ。そいつとの勝負は僕のほうで預かってやる。校舎に戻ってから好きなだけやり合え」

先輩の立場からそう告げられると、さすがのふたりも杖を納めるほかない。渋々と引き下がるふたりを見ながらティムは思った。――これで止まってくれる辺り、こいつらは自分の時よりもずいぶん行儀がいい、と。

「──チッ！」「ひぇぇぇ……！」

「KYOOOOOOOOOOOOOOO！」

地上のシェラたちに対して上空から呪文投下を続けていたリーベルト隊が、一頭のグリフォンに追い回されて空中を右往左往する。メンバーの中に純粋な空中戦を得意とする者がいないため、高い飛行能力を持つ魔獣に一度食らいつかれると対処はそう簡単ではなかった。その光景を見上げたシェラがふっと微笑む。

「……ライラが来てくれましたか。カティに気を遣わせましたわね」

頼もしい援軍だった。撤退に備えて三層への出口を確保しているカティたちの班も、グリフォンのライラだけは状況に応じて各所の遊撃へ回している。長距離の呪文狙撃を持ち味とするリーベルト隊の押さえには打ってつけの戦力だ。

「……上から援護ないと、きっついでしょ……」

「まだまだァ……！」

上空からの支援狙撃がなくなったため、ボウルズ隊は独力でシェラたちと戦うことを求められる。フェイの突撃に合わせたステイシーとシェラの呪文攻撃が彼らを苦しめていた。陣形としては典型的な前衛一・後衛二のそれなのだが、後ろのふたりが先行するフェイを巻き込むギリギリのところに迷わず呪文を撃ち込んでいくので、突出しているはずの前衛に隙が生じない。半人狼の頑強さを前提としつつも、互いに強固な信頼がなければ成り立たない戦法である。

「良い気迫です。状況が許すなら、このまま最後までお相手したいところですが――」

押されながらも粘り強く戦うボウルズ隊だったが、続く瞬間、その背後に現れた人物が彼らの肩をぽんと叩いた。これまで戦っていたシャーウッドの兄妹から距離を置き、後輩たちと合流したエリゼ＝キュヴィエである。

「――そうもいかなくてね。残念だが撤退の時間だ、後輩たち」

「うい？」「まだやれますよ、俺たち！」

「それは分かるのだが、別のところで懲りない馬鹿が下手を打ってしまってな。ここでの勝ち負けに拘る意味がなくなった。一旦退いて態勢の立て直しだ」

ため息交じりにそう告げたキュヴィエに、ボウルズとスペンサーがぐっと悔しげにする。そんな彼らの前で、シェラが静かに杖剣を下ろした。

「水入りの引き分けですわね。……約束とは少し違いますが、この結果と一緒に周りには後で話しておきましょう。本当のボウルズ隊は手強かった、と」

「……惚れるわぁ、Ms.マクファーレン……」

神経を削る呪文戦でくたくたになっていたロドニーが力なく呟いて後退し、仲間と共に箒に跨って上空へ逃れる。別の方角ではリーベルト隊も一足先に離脱を始めていた。彼らの背中が

遠くなったところでステイシーもやっと杖剣を下ろし、

「残念～。一足遅れちゃった～」

場が落ち着きかけたところで、さらに別の角度から声が降ってきた。即座に振り向いたステイシーたちの視界に上空を行く三つの影が映る。箒に跨って降りてきた彼らは、二十ヤードほどの距離を開けてステイシーたちの前に着陸した。シェラが目を細めて相手を見据える。

「……あなたたちは」

「こんにちは～Ms.マクファーレン～。君とはあんまり～話したことないね～？」

三人の中からひとりの女生徒が歩み出る。どこか軸の定まらないふわふわとした足取り、語尾の伸びる独特の話し方。それらの特徴を確認しつつステイシーが口を開く。

「決勝進出チームのヴァロワ隊ね。お仲間は撤退したけど、まだやる気？」

「そうしたいけど～先輩が～止めるから～。決勝で当たる君たちに～今は挨拶だけ～」

リーダーのユルシュル＝ヴァロワの顔がこてんと傾き、まん丸に開いた両目がステイシーをじっと見つめた。その視線にシェラとフェイは何とも言えず嫌なものを感じ、とっさにステイシーを隠すようにして前に出る。それを見たヴァロワが口を開いた。

「相変わらず仲良いね～。だから私～君たちのこと嫌い～。ホーン隊もアンドリューズ隊も～同じ理由で嫌い～。見てるとうぇってなるから～」

「はぁ？」「……？」

一方的に嫌悪（けんお）を向けられたシェラたちが困惑を顔に表す。感情の読み取れない瞳で三人を捉えたまま、抑揚のない声でヴァロワは告げる。

「別に恨みはないし～賞金にも竜心結石（ドラグリウム）にも興味ないんだけど～。私が勝たないと気分悪いから～決勝では全員きちっとボコにするね～。ホーン隊にもよろしく～。はい～挨拶終わり～」

言い終えるや否（いな）や踵（きびす）を返（かえ）して箒（ほうき）に跨（また）り、ヴァロワはふたりの生徒と共に上空へ飛び去っていく。その様子を見つめながら、ステイシーが訝（いぶか）しげに呟（つぶや）く。

「……何よ、あいつ。わざわざあれ言いに来たの？」

「決勝前の宣戦布告なのでしょうが……。どこか得体が知れませんわね、あのチームは」

短い会話から得た印象をシェラが口にする。それには内心で同意しつつも気持ちを切り替え、ステイシーが従者の少年の背中を指でつついた。

「フェイ、体は大丈夫？」

「いい感じに温まってきたところだ」

主の問いに、疲れを知らないかのようにフェイが言ってのけた。そんな彼らへ妹のシャノンと歩み寄りつつ、グウィンが声を上げる。

「……リヴァーモアに呼ばれて死霊（アンデット）が集まってきている。油断するな、ここからが本番だ」

「……ううむ……！」

蹴りの直撃を受けたキーリギが空中を斜め下にかっ飛び、そこにあった死霊植物(アンデッドプラント)の一本に辛(から)うじて片手で摑(つか)まる。が、同時に下から突き上げる形でオリバーたちの呪文が襲った。

「**生え伸びよ(ブロゴロッシオ)！**」

追い込まれたキーリギの口から詠唱が響き渡り、周囲の死木が一斉に伸びて彼女を球状に囲い込む。魔力を大量に注ぎ込んでの緊急避難だ。強度を増した枝葉で追撃を防ぎつつも、キーリギはその内側で盛大に吐血する。

「ごほっ……！　……何度やられても効くなぁ、お前にお腹(なか)を蹴られるのは。腕を挟んで衝撃を化かしたのに、それでも肋(あばら)がぐしゃぐしゃだ」

「背骨を蹴り折るつもりで打った。まだ続けるか？」

跳び乗った球体を踏み付けてレセディが言う。口元の血を袖で拭ったキーリギがふっと笑う。

「……やめておこう。私自身はそうしたいが、またレオに怒られてしまう。いや……この状況はすでに大目玉が確定か？

まぁいい、これでも最低限の時間稼ぎは出来た。さすがに全員で一か所に集まって大乱闘というわけにもいかないだろう。後はリヴァーモアに仕事を丸投げして、私は可愛(かわい)いパーシィのお説教を聞きに戻るとするよ」

「結構なことだ。が、その前に草刈りをしていけ」

頭上のレセディからの要求に、キーリギは肩をすくめて詠唱で応える。それで死霊植物（アンデッドプラント）の苗床となっていた魔法陣が力を失い、伴って繁茂していた死木たちも速やかに朽ちていった。元より不自然極まりない存在であるため、特別に整備された環境以外では育たないのだ。崩壊が自分の手前まで至ったところで球体からキーリギがするりと抜け出し、そのまま箒（ほうき）に跨（また）がって上空へ離脱していく。その姿を地上から見送りつつオリバーが尋ねた。

「……良かったのですか？　逃がしてしまって」

「追い詰めれば何を仕出かすか分からん。……今回はらしくもなく自制が効いていた。こんなものではないぞ、ヤツの本当の悪辣さは」

フンと鼻を鳴らしてレセディが言う。これでもまだ実力の片鱗（へんりん）に過ぎないのかと、オリバーは戦慄を通り越して辟易し――その思考に、ふと耳慣れた声が割って入る。

「――ノル！」

「無事ですか、四人とも！」

従兄（あに）と従姉（あね）が率いるコーンウォリス隊の到着だった。上空から降りてきた五人がオリバーたちと合流し、ミストラル隊のふたりもそこに加わる。すぐさまレセディが場を仕切り直す。

「じきに他の班も駆け付けてくるが、後を追って死霊（アンデッド）どももやって来るな。……計画通り、ここからは攻めと守りに分かれる。その前に班組みを調整するぞ」

そう前置きした上で、レセディは真っ先にグウィンとシャノンへ目を向ける。

「シャーウッドの兄妹、お前たちはホーン隊と組んで突入班に回ってもらいたい。……私が自分で行きたいところだが、キーリギの相手で消耗した直後にリヴァーモアとの連戦は避けたい。お前たちの余力にもよるが、どうだ？」

「任された」

「ふふふ。ノルといっしょ」

グウィンが短く頷き、シャノンが嬉しそうにオリバーを後ろから抱きしめる。彼らの了承を見て取ったレセディが視線を他へ向ける。

「なら、コーンウォリス隊の監督役は私が引き継ごう。お前たちは私と一緒に防衛班だ。頼りにしているぞ」

「む。突入班のつもりで来たんですけど、私」

「スー、今回はやめておきましょう。……おそらく、突入班に三年生はこれ以上入れません」

不満げに腕を組むステイシーだが、組み合わせの意図を推し量ったシェラが静かな声でそれを諭す。レセディが重く頷いた。

「マクファーレンが察している通り、突入班はホーン隊の三人＋上級生三人の六人体制で構成する。じきに到着するティムが加わったところでチーム完成だ。……ここから先は、上級生ひとりで後輩三人の面倒を見ている余裕はなくなるからな」

攻めと守りのバランスに加えて、現状を考慮しての人選である。他の全ての班がこの場にいれば話はまた違うのだが、前生徒会陣営に足止めを食ったことで各班の到着にばらつきが生じている。作戦の前提が速攻であるため、遅れて来る班は防衛に回さざるを得ない。

「――悪い！　下手こいて手間取った！」

「お前が最後のメンバーだ。言い訳は要らん、ここから巻き返せ」

エイムズ隊とミストラルを引き連れたティムが箒で駆け付け、それで突入班の全員が揃う。

彼らの顔ぶれをひとりずつ見渡し、レセディがきっぱりと告げる。

「――突入班の六人、勝負はお前たちに預けた。退路は我々が必ず確保する。ゴッドフレイの骨を獲り返して来い！」

檄を受けた六人が一斉に頷く。ナナオの全身に見て取れるほどの闘志が漲り――それに負けず劣らず、ユーリィの瞳が期待に爛々と輝いた。

「……侵入されるな」

そんな彼らの動向を、もちろんリヴァーモアの側でも把握していた。使い魔との視覚の共有を打ち切って歩き出した男の背中に、棺から声が掛かる。

「いよいよ君が出るのかい、サイラス」

「シャーウッドの兄妹と〈毒殺魔〉の布陣だ、死霊どもには任せられん。〈撲殺魔〉が加わらないだけマシではあるがな」

　やや硬い口調でリヴァーモアが答えた。――これまで何度となくぶつかってきた相手だけに、その厄介さは嫌と言うほど知っている。それは向こうにしても同じことで、これから始まるのは互いに手の内を知った者同士の戦いだ。どう運ぶにせよ楽な展開は期待できない。

「奴らを片付けたなら、すぐにも始める。心の準備をしておけ」

「ああ。……武運を」

　いつになく張り詰めた様子のリヴァーモアを、棺の中のファウも神妙に送り出す。ここが山場と否応なしに伝わるが、それでも不安はない。戻ると言って戻らない男の姿など、彼女にはどう足掻いても想像できないのだから。

　目指す場所が地下にあるため、オリバーたち突入班はまず侵入路を確保する必要がある。正規の管理者であるリヴァーモアなら呪文ひとつで扉を開けられるが、招かれざる客の彼らは強引な手法を用いざるを得ない。そのために敷いた魔法陣の中心へ徐々に穿たれていく穴を見守りながら、オリバーは隣の従姉に問いかけた。

「……従姉さん。先へ進む前に、ひとついいかな」

「？　どうしたの、ノル」

シャノンが微笑(ほほえ)みを向けると、オリバーは懐(ふところ)から取り出した骨片を掌(てのひら)に載せて差し出す。先ほどユーリィから預かったものだ。

「さっき倒した無貌(ザツハーク)の古人から回収した骨片。これから読み取れる記憶も、できれば今見ておきたい」

「必要あるか、それ？　もうヤツの工房は目の前だぞ。今さら手掛かりもクソも――」

「はーい、ぼくも！　ぼくも見ておきたいです！」

「ならば拙者も！」

疑問を示すティムの声を押しのける形でユーリィとナナオが主張する。後輩たちの押しの強さにグウィンがふっと笑う。

「そこまで言うなら見ておこう。シャノン、手短に」

「うん。わかった――」

従弟から受け取った骨片を片手に載せたシャノンが目を閉じる。彼女が差し出した白杖(はくじょう)に、オリバーたちもまた無言で各々(おのおの)の杖(つえ)を重ねた。

その日は朝から工房にこもって大量の骨の仕分けに没頭していた。が、二時間ほど作業を続けたところで、彼はふと違和感を覚えた。

「……？」

静かすぎる。この二時間、彼女から何も話しかけて来ない。思えば今日は早朝に数言交わしたきりで、いつものお喋りが嘘のように鳴りを潜めている——そう気付いたリヴァーモアが立ち上がり、棺へと歩み寄る。

「……おい、何を黙りこくっている。急に死人らしさを思い出したか？」

話しかけつつ、手の甲でこんこんと棺を叩く。それでも返事がないので、これは余程機嫌を損ねているのかとリヴァーモアは鼻を鳴らした。原因を考えかけるが、その前に怒っているのか落ち込んでいるのかの区別くらいは付けておきたい。そう考えて彼は棺に顔を寄せ、

「——誰か腕を引いて光が差して暗い寒い寒い寒いここにもういたくない火でもいい照らして私の輪郭を返して形、形を与えて土の匂いも風の手触りも何も何も思い出せない——」

「——ッ！」

自分の考えが度し難い楽観だったことを、その繰り言を耳にしたところで悟る。彼はすぐさま棺に両手を突いて顔を寄せた。

「ファウ、俺はここだ！　俺の声を聞け！　内向きの思考に溺れるな！」

声を張り上げて必死に呼びかける。延々と続いていた繰り言がそれでぴたりと止まり、棺の中から弱々しい声が上がる。

「——ぁ、ぁ、あ、サ、サイラス？　わた、わた、わたし」

「そうだ、俺に話せ。自分自身と話し込むな」

浮かび上がった正気の尻尾を逃さず摑み、リヴァーモアはそれを力強く自分の側へ引き寄せる。混乱と恐怖に震えていた声が、少しずつ意味のある言葉を紡ぎ始める。

「こ、こわい——こわい夢を、見たんだ。君がいなくなる夢。何度呼んでも返事がなくて、いつまで待っても戻ってこなくて……あ、あれ、夢だよね？　こっちが現実なんだよね……？」

「俺はここにいる。お前を置いて消えたりしない。何があろうとも」

ここにいる。決していなくならない——低く揺るぎない声で、リヴァーモアは何度も繰り返しそう告げる。その声が重なるほど、彼女も少しずつ落ち着きを取り戻していく。

「……ふ、ふふっ、こんなに優しいサイラスなんて知らないや。やっぱり夢じゃない？」

「では悪夢にしてやろう。棺の外側を全てピンク色に塗り替えるというのはどうだ？」

「うわぁ現実だ！　そうだよ思い出したよ、私は君の背中に憑りついたおんぶお化けだった。寝ぼけてる場合じゃないや、ちゃんと仕事を果たさないと！」

張りを取り戻した彼女の声に減らず口で応えながらも、リヴァーモアは腹の底に冷え冷えとしたものを感じていた。彼が辛うじて引っ張り戻す瞬間まで、彼女は間違いなく怨霊へと転げ落ちる一歩手前だったのだ。

容赦のない時間の流れが、その鋭い槍先（やりさき）で彼の背中を突いていた。これまでも悠長に構えた憶（おぼ）えなど一度もない。だが——その日々すら牛歩と断じねばならないほどの飛躍的な前進を、今や彼は切実に求められていた。

決断は早かった。出来る限りの準備を整え、彼は会いに行った。それは本来、魔法使いが二百歳を迎えた時に初めて見（まみ）えるはずのもの。幸か不幸か、四層に到達してさえいれば、キンバリーの迷宮にはいつでも向き合える形でそれがいるのだ。

「……予定が早まった。三十年も待ってはいられん」

漆黒の影を前に杖剣（じょうけん）に手を掛け、リヴァーモアが告げる。それだけは止めろと金切り声で叫ぶ本能を覚悟で捻じ伏せて、彼はかつて曽祖父を殺したモノへと杖（つえ）を向ける。

「手っ取り早く壁の高さを教えろ。——**集い形成せ**（コングレガンタ）！」

そこから先の記憶は曖昧になる。どう戦い、いつ撤退したのか——彼自身にも詳しいことは分からない。気付いた時にはもう、絶望に押し潰されるように三層の沼地に蹲（うずくま）っていた。

「——サイラス、サイラス！　ねぇ大丈夫!?」

重い体を引きずって工房へ帰り着くと、異変に気付いた棺（ひつぎ）から鬼気迫る声が飛んできた。互いの霊体を繋（つな）ぐ経路（パス）を通して、彼の身に何が起きたかはすでに彼女にも知れている。

「……落ち着け。致命傷なら、ここへ帰り着く前にとうに死んでいる……」

そう答えつつ、リヴァーモアが冷たい床に仰向けに倒れ込む。ぼろぼろの見た目に反して外傷はそう多くない。痛むのは肉体ではなく、霊体のあちこちに負わされた傷のほうだ。魔法使いや魔獣との戦闘ではまずこうはならない。

「無茶言わないでよ、死者にだって心臓が止まりそうな時はあるんだよ……。ねぇ、どうしてあれに喧嘩(けんか)を売ったりしたんだい。四層で最初に見かけた時点で、今の君が敵(かな)う相手じゃないのは分かっただろう？」

泣きそうな声で彼女が問いかける。呼吸を整えて霊体傷の苦痛に耐えながら、リヴァーモアはそれに答える。

「……曾爺様(ひいじい)が二百年越えに挑んだあの日。俺が問われたことを憶(おぼ)えているか」

「……？　自分を越えていけるか、というあれかい？　もちろん憶(おぼ)えているよ。自信満々の君の答えも……」

「そうだ。無論、あの時は本心で答えたつもりだった。だが――今になって思い返すと、あの答えもまた単なる模範解答だった気がしてならん。いずれ曾爺様(ひいじい)を越えると口にした時、俺自身がどれだけその言葉を信じていられたものか。」

「――――」

「あの夜――曾爺様(ひいじい)が生きて帰って来ないことを、俺は心のどこかで予感していた。お前には語るまでもないだろうが、そもそも死霊術は死に抗う術ではない。それは畢竟、世界のルールの隙間を縫って死者が動き回るための小細工を体系化したものに過ぎん。……故に、死霊術をどれほど極めようともあれに対しては意味を成さない。リヴァーモアの家がその歴史の長さに反して長寿の魔法使いを輩出してこなかったのも、そこに原因があると俺は考えている」

彼の重い言葉を受けて、棺から声が響く。こちらは努めて軽い口調で。

「らしくもなく弱気じゃないか、サイラス。一度負けたくらいでもう自信を挫かれたのかい？　だったら教えてあげよう、君は今ナーバスになっている。ひとつの出来事を重く受け止め過ぎなんだよ。そういう時は一晩寝れば意外とコロッと――」

「その一晩すら惜しいんだッ！」

彼女の声を遮ってリヴァーモアが吼えた。ファウが棺の中で息を呑む。どれだけ不機嫌でも、どれほど腹立たしい出来事の直後でも――彼が感情を剝き出しに声を荒げることは、これまで一度もなかった。

「ファウ、実感を正直に答えろ。……お前はあと、どれだけもつ？」

「――ッ」

「お前以外の棺は全て駄目になった。曾爺様も予感していたはずだ。この使命を担えるのが、おそらく俺の代が最後であることは。

それまでにあれを退ける術を見出すことが、俺にとっては曾爺様を越えるための唯一の道筋だった。……だが、実際に戦って痛感した。足りていない。才も時間も何もかも」

その結論を否定する言葉を、ファウはとっさに口にすることが出来なかった。出来るはずもない、彼の挑戦の時間制限となるのが他でもない自分自身なのだから。が——その一方で、彼の言動から察せられることがあった。彼女はそれを問いかける。

「……サイラス。君はひょっとして、家の使命とは別に、私を完全に蘇らせる気でいたのかい？　これまでずっと——」

ぎり、と食いしばった奥歯が鳴る。自分の無力を知ってなお、その願いは彼の中に燻る。

「少しも納得してはいない。それを許さぬこの世界の仕組みに——」

追憶を終えた全員が瞼を開く。と、他の全員に向けてティムが肩をすくめた。

「……ほれ見ろ。知らなくてもいい事情が無駄に知れただけだ」

「ぼくにはすごく有意義でしたよ！　なるほどなぁ、なるほどなぁ！」

ユーリィが興奮しきりで繰り返す。と、そんな彼らの前で、ついに魔法陣がその務めを果たした。荒野の只中に直径にして10フィートほどの深い穴が穿たれ、その奥底に空間が垣間見える。グウィンが隣の従弟に声をかけた。

「準備はいいいな、ノル」

「――ああ。行こう、従兄さん」

オリバーが迷わず頷き、その脇を追い抜いていったティムが一番槍で穴へ飛び込む。残る五人もすぐさま後に続いた。暗闇の中を五秒余り落下したところで減速呪文を詠唱、全員が音もなく着地して周りを確認する。

見回せば、そこはさらなる深みへと続く階段の途上だった。壁面には数え切れないほどの人間と魔獣の骨格が整然と並べられ、蠟燭の仄かな光に下から照らされながら、その眼窩で六人をじっと見つめている。グウィンが杖剣を握りつつ口を開いた。

「……さながら地下墳墓か。死者の国の地下にさらに墓所、というのも奇妙な話だが」

「俺には博物館にも見える。……ただ、不思議と静かだ。あまり悍ましい感じはしない」

オリバーが素直な感想を口にする。見た目の迫力に反して、周りの亡骸から怨念や怨嗟は感じない。地上の死霊たちと同様の行き場のない虚ろさはあるにせよ、それらは然るべき供養を受けて穏やかに鎮まっている。その静寂を乱さないよう、むしろ侵入者であるオリバーのほうが気を遣いたくなった。

「どっちでもやることは同じだ。おら、行くぞ」

そう言ったティムが先頭に立って階段を降り始める。自然と後方をシャーウッドの兄妹が守り、その間にオリバー、ナナオ、ユーリィが挟まる形で陣形が取られた。静寂の中にしばし、六人分の足音だけが響く。

一分ほど階段を下ったところで扉に突き当たった。見るからに頑強な両開きのそれを突き破るべく、ティムが杖剣(じょうけん)を構え——しかし、その口が呪文を紡(つむ)ぐ前に、重々しい音を立てて扉のほうが開いていく。

「岩砕き(マグヌス)　爆ぜて煙れ(フラルゴ)！」

扉が開いたにも拘らず、ティムがそこに二節の炸裂(さくれつ)呪文を撃ち込んだ。たちまち行く手に爆風が黒煙と共に広がり、それを風の呪文で押しのけながら〈毒殺魔(ガッサー)〉が先陣を切って中へ踏み込む。他の五人もその後に続いた。

「——背筋を正せ、墓荒らしども。墓参(ぼさん)の作法も知らんのか」

扉を抜けたところに大きな空間が広がり、これまで下りだった階段の横幅が何倍にもなって上りに転じる。そこに魔人の声が厳(いか)めしく響いた。オリバーたちが見上げる階段の一番上。広い空間を挟んで六人とはちょうど反対の位置に、サイラス＝リヴァーモアが粛然と立っていた。

「意外と早いお出ましだな、リヴァーモア。死霊(アンデッド)どもの露払いはねェのか？」

「そうしても良かったが、工房のそこかしこに毒をぶち撒(ま)けられても不愉快だ。貴様らの相手はここで終わらせる」

宣言を受けて六人が身構えた。が、そこで魔人がフンと鼻を鳴らす。

「その気になっているところで悪いが、戦いにはならんぞ。その場所に立った以上、貴様らには最後の二択があるだけだ」

　男がそう告げた直後、その背後の壁面が揺れ動き、石材を突き破って白い質感の巨大な「何か」がせり出す。一本一本が人間大の牙がずらりと並ぶ顎、左右一対に生えた尖塔のごとき角、その間で闇を湛える奈落めいたふたつの眼窩。異様な気配にオリバーの肌が粟立つ。

「……あれは……⁉」

「巨獣種の頭骨だ。ずいぶん前にヤツが二層の地中から回収していた」

　グウィンが正体を語る。リヴァーモアが口元に自嘲を浮かべた。

「苦労して発掘したはいいが、曲がりなりにも神獣の聖体だ。霊魂がしぶとく残っているせいで素材としても使い魔としても持て余し、やむなくここの守りに据え置いてあった。実用の機会が来るとは思わなかったがな」

　語る男の頭上で巨大な顎が開き、その中に膨大な瘴気が渦巻く。オリバーが固唾を呑む。

「何が起こるかは分かるな。そうだ――これに息吹を吐かせる。死霊となって属性こそ反転しているが、紛れもない神代の獣のひと噴きだ。防ぐ手立ては思い付くか？」

　その息吹がこの空間の全てを薙ぎ払うことは想像に難くない。どう動いたところで回避は出来ず、六人掛かりで防御を固めても紙のように突き破られるだろう。ティムが舌打ちした。場所が地上であればまだ打つ手があるが、この地形では息吹を放たれた時点で一網打尽だ。

「二択とはそういうことだ。――選べ。この場で全滅するか、さもなくば杖を捨てて投降するか。……一応言っておくと、一時撤退という選択肢はないぞ。ここまでの階段を駆け戻る間に息吹(ブレス)が背中に追い付く。死に様がいっそう不様になるだけだ」

「ッ、テメェ——」

「ティム！」

加熱する〈毒殺魔(ガッサー)〉の殺意へグウィンが冷水を差す。ティムがきつく歯を食いしばり——長い間を置いて、ふいにすとんと肩を落とした。

「……詰みが見て取れねぇほど間抜けじゃねぇよ。わーった。ヤメだ、ヤメ」

消沈した声で告げ、右手の杖剣(じょうけん)を床へ放る。それを見たリヴァーモアが眉を動かす。

「存外に聞き分けがいいな。さぞかし長々とぐずるだろうと思っていたが」

「うるせぇな、こっちは後輩連れてんだよ。昔みてぇに気軽に突っ込めるか」

吐き捨てたティムがあぐらをかいて床に腰を下ろし、その姿勢からじろりと相手を睨(にら)む。

「ちったぁ負け惜しみ言わせろ。——実のところ、お前は優等生だよなリヴァーモア。今でも僕の動きにキッチリ警戒してるし、毒の対策で最初からしっかり高所の風上を確保してやがる。使ってる技術の特異さとは裏腹に、戦闘では定石をしっかり押さえてくるタイプだ」

「それ以上の無駄口は許さん。全員、白杖(はくじょう)も含めてただちに杖(つえ)を捨てろ」

リヴァーモアが重ねて促す。無論、彼もティムがこの時点で降参したなどとは露ほども考えていない。全員を武装解除して気絶させるまで一瞬たりとも油断はしない——そんな魔人の内心を見透かした上で、なおもティムがにやりと笑う。

「安心しろよ、もう終わってる。……予想出来ないと思ったのかよ？　この程度の状況」

その瞬間。背後の壁面を蠢くいくつもの小さな気配に、リヴァーモアははたと気付いた。

「――ッ！」

「「「「**吹けよ疾風！**」」」」

魔人の反応に先駆けて、壁面を這う蠍たちが背負った液胞を一斉に破裂させる。同時にオリバーたちが後方へ向けて風を起こした。もとより風下だった彼らの方向へ大気の流れが加速し、蠍たちの放った毒霧がリヴァーモアの全身を呑み込もうと押し寄せる。

「チッ――！」

それから逃れるために、やむなく男は大きく前方へ跳んだ。同時にティムが床から跳ね上がって杖剣を拾い上げ、そのままオリバーたちと並んで階段を一気に駆け上る。呪文で毒霧に対処していたリヴァーモアとの間合いが瞬く間に縮まり、ほどなく六人は階段の半ばで相手を包囲した。

「おいおい、こっちに降りてきちまったな。いいのか？　それで撃てんのかよ？　ご自慢の神獣サマの息吹はよォ」

露骨に揶揄する口調でティムが言ってのける。霧を避けて前へ跳んだことで、リヴァーモアもまた息吹の効果範囲に踏み込んでしまっていた。この状況で放っても共倒れである。

霧を放った蠍たちはもちろんティムの使い魔だ。一本道で躱しようのない攻撃を用意されるケースを先読みして、彼はこの空間へ踏み込む前に小型の使い魔を先行させていた。突入直前の炸裂呪文はそれを隠すためであり、爆煙に紛れて空間に侵入した蠍たちは壁や天井を伝ってじりじりとリヴァーモアの背後に回り込んでいた。途中で発見されなかったのは使い魔そのものに施された偽装効果もあるが、何よりティムが相手の注意を引き続けていたからである。

彼らに六本の杖剣を向けられて、リヴァーモアが小さくため息をつく。

「……こちらの気遣いが分からんようだな。どうしても殺し合いがしたいか、狂犬め」

「当ッたり前ェだ。分かんねェか？　こっちは最初っからテメェをブチ殺しに来てんだよ」

殺意に目をぎらつかせてティムが言い放つ。その瞬間から、周囲の壁に飾ってあった骨格標本が一斉に動き出した。オリバーが固唾を呑む中、魔人の両眼がかっと見開く。

「なら是非もない。——寛容も品切れだ。哀れな後輩共々ここで屍を晒せ、〈毒殺魔〉」

「ははッ。やってみろよォ！」

歓喜すら滲ませてティムが応える。そうして死闘が幕を開けようとした刹那——同じ空間の突き当たりから、じゅう、と何かが溶ける音が響いた。

「——!?」

「うわっ。すごいや、リントン先輩の毒。こんな頑丈そうな扉もあっという間だ」

場違いに呑気な声が響く。巨獣種の頭蓋骨の真下、最初にリヴァーモアが現れた場所に、包囲から外れたユーリィがひとりで回り込んでいた。その眼前ではしゅうしゅうと煙を上げて扉が溶け崩れ、奥に新たな通路を覗かせている。

「……リヴァーモア先輩、あなたは強い。このような工房での戦いなら尚更です」

慎重に言葉を選び、オリバーが口を開く。戦況の拮抗とユーリィの回り込み——ふたつの条件が揃ったことで、勝ち負けの外に三つ目の選択肢が生じる。

「しかし、こちらはあなたに勝つのが目的ではありません。我々がここに来たのはあくまでゴッドフレイ統括の骨を取り戻すため。この場に留まって戦い続ける理由がないことはお分かりでしょう」

彼の言葉に合わせてユーリィが扉の穴に潜り込み、その向こう側から逆に顔を出してぶんぶんと手を振ってみせる。リヴァーモアが眉根を寄せる。

「……闇雲に突っ込んで家探しをするつもりか？　生憎と俺の工房は広いぞ。それで目当ての物が見つけ出せるとでも？」

「分かりません。ただ、こちらも急いでいますので、探し方はかなり乱暴になります。その過程で損なわれてしまうものもあるでしょう。その中には、あなたにとって大切なものが含まれるかもしれない」

含みを込めてオリバーが言葉を続ける。……独自の術理を究めた魔法使いほど、自分の工房が荒らされる事態は耐えがたいはず。大一番の儀式を控えた相手なら尚のこと、それを放置して目の前の戦いに集中するのは難しくなるだろう。自然とレセディの言葉が思い出された——

この状況で狙うべきはリヴァーモアではなく、ヤツの後ろにあるものだ、と。

「……脅しているつもりか？　それは」

「いいえ。……取引の提案です」

魔人の圧力に耐えつつ、オリバーが本題へと斬り込む。この状況を最良の形に着地させるための、それはおそらく唯一の道筋。

「ゴッドフレイ統括の骨は返していただきます。ただし——それは、あなたの目的が達成されてから。術式に骨を使用した後で構いません。それなら我々の利害は衝突せず、共に目的を達して事を終えることが出来る。……違いますか？」

「あァ⁉」

後輩の提案にティムが目を剝(む)いて叫ぶ。リヴァーモアが訝(いぶか)しげに目を細めた。

「ずいぶんと大きな口を叩(たた)く肉だ。まるで俺の目的が分かっているかのような口振りだが？」

「ここから発掘された『棺(ひつぎ)』の中身の蘇生(そせい)。ひいては、失伝した古代死霊術の再生(サルベージ)」

オリバーが即答する。それを受けて、リヴァーモアの表情がかすかに揺らいだ。

「分かるのではなく、知っています。死霊(アンデット)を倒して回収した骨片から従姉(あね)が記憶を読み取りました。……過去に土足で踏み込んだ無礼についてはお詫(わ)びします」

「……シャーウッドの妹か。この期に及んでそんな芸を隠していたとは」

横目でシャノンを睨(にら)んでリヴァーモアが呟(つぶや)く。と——再び壁の穴を抜けて戻ってきたユーリイが、その位置から大きく声を上げる。

「オリバー君、ここから先はぼくに話させて。——ここの死霊をたくさん見てきて分かったことがあります。答え合わせに付き合ってもらえますか？　リヴァーモア先輩」

「……面白い。聴いてやる」

彼に半ば背を向けたままリヴァーモアが促す。ユーリィがにっと笑って口火を切った。

「まず、霊体の接合技術ですね。あなたの魔法の本質は」

「——————！」

「死霊は本質的に成長しないものです。生前に身に付けた技術を再現することは出来ても、死んでから新しい何かを学ぶことは原則としてありません。けれど、あなたの使役する死霊はどれも素晴らしくオリジナリティに溢れています。組み変わって別形態になる骨獣、骨兵と翼竜骨が合体した竜騎兵、途中からまったく異なる能力を使い始める無貌の古人——どれも生前からそうだったとは思えない形ばかりです。ぼくは夢中になって考えました。どうすればこんなことが出来るのだろうか？」

流暢に抑揚豊かに、まるで歌うような調子でユーリィが語る。それを聞きながらオリバーは思う——きっと心底楽しいに違いないと。危険を顧みず追い続けた「骨抜き事件」の真相に、彼は今まさに迫っているのだから。

「その答えが霊体の接合です。異なる霊体同士を繋ぎ合わせることで、あなたは疑似的に新しい死霊を生み出している。霊体は肉体よりも存在の本質に近いですから、そこさえ繋がっていれば器の接合も容易でしょう。霊体がこびり付いた骨は、あなたにとっては糊の付いた木材のようなものなんですね」

「………」

「接合であって融合ではないのがこの話のミソです。想像になりますが、きっと融け合ってしまってはダメなんですね。それでは群れた怨霊と同じで個性が損なわれてしまう。霊体の輪郭、生前の在り方を保ったままで死霊を繋ぎ合わせることにこそ意味がある。だからあなたは死霊の管理にこんなにも力を注いだんだ。彼らに存在の輪郭を保たせるため、在りし日の自分の姿を忘れさせないために、かつての王国を再現して営んだんです」

そこで言葉を一旦切り、ユーリィは円を描くような形で杖剣を振り続ける。魔法を行使したわけではないので、気持ちが昂った際に出る手癖なのだろうとオリバーは思った。念願の謎を解き明かさんとする今、彼はかつてなく興奮しているようだ。

「話を本筋へ戻しましょう。――あなたが望む死者の蘇生には、まずもって生前のそれに代わる肉体が要ります。千年以上昔の相手では肉体の保存は望むべくもない。となれば新たに一から作るしかありませんが、もちろん適当な人形で済ませるわけにもいきません。古代の死霊術の再生が目的なら、蘇生は魔法使いとして機能する形で成されなければ意味がないからです」

遥か格上の相手の魔道を無遠慮に解体するユーリィの姿。その命知らずの好奇心に、オリバーは改めて寒気を覚える。周りに仲間がひとりもいなかったとしても、彼は間違いなく同じ真似(まね)をしていると確信できるから。

「あなたが生徒の骨を奪い続けたのもそれが目的です。厳選に厳選を重ねた魔法使いたちの骨を組み合わせることで、蘇(よみがえ)らせる相手に相応(ふさわ)しい肉体を用意したんですね。その最後のピースがゴッドフレイ統括の骨なのでしょう。つまり――あなたはこれから、その生涯を懸けた蘇生(そせい)の儀式に挑もうとしているんだ」

　びしりと結論を述べるユーリィ。その指摘を受けたリヴァーモアが悠然と腕を組んだ。

「……苦々しいが、そこまでは満点をくれてやる。だが、なぜ事の後に〈煉獄〉の骨が無傷で残るなどと楽観する？　使われたものは損なわれる、あるいは変質するとは考えんのか？」

「そうならないと考える根拠があります。まず、死霊(アンデット)たちから回収したあなたの骨片は損なわれても変質してもいませんでした。シャノン先輩が記憶を読み取れたことからも、それは明らかですよね」

　予想済みの指摘とばかりにユーリィが反証を提示する。この場所へ至るまでに得てきた情報の全てが、彼にとっては答えに繋(つな)がるヒントである。

「霊体を糊代(のりが)わりに器の肉体を繋(つな)ぎ合(あ)わせる――やることのレベルこそ違いますが、あなたが行おうとしている蘇生(そせい)の原理もあれと一緒のはず。あなたの骨片が死霊(アンデット)たちの中で『繋(つな)ぎ』として核心的な役割を果たしていたことは想像に難(かた)くないですから、それさえ無傷で残ったのなら、あくまで一部に用いられるだけのゴッドフレイ統括の骨が損なわれると考える理由はありません。接合であって融合ではない——ここでもそれが可逆性の根拠になります。そうだよね、オリバーくん？」

出し抜けの問いに戸惑いつつも、一瞬の思考を経てオリバーが頷く。

「……ユーリィの言う通りです。付け加えるなら——死霊竜騎兵を倒した時、一部の死霊が本体から分離して動くのを見ました。あれは核であるあなたの骨片から切り離されたことで霊体の接合が解けた結果だと見て取れます。これも霊体接合が可逆である根拠になるでしょう」

リヴァーモアの表情がますます厳しくなる。手応えを感じたオリバーが一気に畳みかける。

「もちろんリスクがゼロではありません。こちらの分析には予測が多分に混じりますし、あなた自身にも予期できない手違いで骨が損なわれてしまうことも考えられます。だとしても——このまま戦い続けることで生じる互いの損害と秤にかければ、それはじゅうぶんに許容できる範疇のリスクだと思います。違いますか、リヴァーモア先輩」

決定的な問いを突き付けられたリヴァーモアが重く沈黙する。その視線がオリバーから離れ、今なお殺気を放ち続けるティムをぎろりと睨む。

「……その交渉のテーブルに俺を乗せるために、あえてここへ突入するメンバーに〈毒殺魔〉を入れたのか。レセディめ——相変わらず悪手と紙一重の妙手を打ってくれる」

確かに、とオリバーも内心で同意する。……ティム＝リントンが持つ突き抜けた危険性がなければ、こんな交渉はそもそも成立していない。彼の毒を使って壁に穴を開けたのもそうだが——それ以前に、〈毒殺魔〉がこの場にいるだけで、下手をすれば工房ごと台無しにされかねないという懸念が相手には常に付きまとう。レセディィの策はリヴァーモア本人ではなく、その背後を脅かしたのだ。

今度の沈黙は長かった。大きく動かない表情の中にもありったけの苦悩と葛藤を滲ませた末——その全てを胸の内に落とし込み、魔人はついに杖を下ろした。

「……………………いいだろう。甚だ不本意だが、墓荒らしではなく客として貴様らを迎えてやる。今の解答にも免じてな」

言葉とは裏腹な殺意を込めて男がユーリィを睨むが、当の本人はむしろ誇らしげに歯を見せて笑った。リヴァーモアがフンと鼻を鳴らして身をひるがえす。

「ただし、作法には従ってもらうぞ。ここは墓所だ。まず何よりも死者に敬意を払え」

同じ頃。最前線での状況の変化が、工房への侵入口を固める防衛班にも影響し始めた。

「——む」

押し寄せる死霊たちを蹴り砕いていたレセディィがふと動きを止める。他の面々も戸惑いながら周りを見回した。これまで絶え間なく襲撃してきた死霊たちが、彼らの前で一斉に案山子のように立ち尽くしていたからだ。

「死霊どもの戦意が消えた。……突入班がリヴァーモアを倒したか、あるいは取引に応じさせたか。いずれにせよ悪くない流れのようだな」

「では、あたくしたちもあの中に？」

背後の突入口へ視線をやりながらシェラが問う。が、少し考えてレセディが首を横に振った。

「……いや。突入班がリヴァーモアと取引を進めているのなら、我々が工房に踏み込むことでそれを台無しにしかねない。このまま何が起きても即応できる態勢で待機だ」

そう言って地面に下ろしてあった背嚢から水筒を取り出し、中身の水をぐびりと呷る。立て続けの戦闘で火照った体を内側から冷やしつつ、レセディはぽつりと呟いた。

「どうやら大詰めのようだな。……これ以上の波乱がなければいいが」

魔人との交渉を紙一重でまとめた突入班だったが、そんな彼らへ続けざまに襲い掛かったのは、他でもない仲間のティム＝リントンによる不満と愚痴の嵐だった。

「……おいこら、なんだよこの流れ。僕はなんも聞いてねぇぞ」

「すいませんリントン先輩、イングウェ先輩の指示でして。あなたには交渉の可能性を考えさせないほうが凄味が出る、と……」

「そりゃそうだろーよ、こっちは完全にあの野郎をブチ殺すつもりで来たからな。おかげでいきなりお預け食らって消化不良もいいところだ。どうすんだよこの決戦装備」

オリバーの脇腹をがすがすと肘で突きながらティムがぼやき、シャノンがそんな彼の八つ当たりから従弟の肩を抱いて避難させようとする。見かねたグウィンが諌めの声を上げた。

「軽口はその辺りにしておけ。……経緯はどうあれ、今の我々は儀式の立会人だ。祭主の集中を乱してやるな」

先を行くリヴァーモアの背中を見つめつつグウィンが言う。いくつ目かの分岐を経て突き当りの扉を抜けると、そこは二脚の長椅子の間にローテーブルが置かれた応接間らしき部屋だった。リヴァーモアが杖を振ると天井の鉱石ランプが灯され、暖色の光が空間を満たす。

「適当に掛けろ。もっとも、生者をここに招いたことはない。居心地など知らんがな」

「客のもてなしがなってねぇな。せめて茶ぁくらい出せよ」

「誰が出さないと言った」

ティムが真っ先に長椅子へ腰を下ろす。その嫌味に応じるようにして奥の扉が開き、なんとそこから給仕服を着た骸骨が現れた。両手に持ったトレイには湯気の立つお茶が六人分並んでおり、戸惑うオリバーの前で、それらはテーブル上へ等間隔に置かれていく。六人に背中を向けたままリヴァーモアが尋ねた。

「儀式の前に諸々の確認を済ませる。そちらの時間はどれほど取れる？」

「最大で二十六時間。校舎への帰還とゴッドフレイの療養期間、そして決勝戦までの猶予を考えると、それ以上は延ばせん」

「じゅうぶんだ」

頷(うなず)いたリヴァーモアの背中が奥の扉へと消えていく。長く待つことになるなら腰を下ろしたいところだが、あの魔人の本拠地で寛(くつろ)ぐのもどうなのか――そう悩むオリバーをよそにナナオとユーリィは何の逡巡(しゅんじゅん)もなく長椅子へ腰かけ、さらには骸骨が持ってきたお茶に手を伸ばす。

「……む、美味(おい)しくござる」

「⁉　飲んだのか、ナナオ⁉」

「うむ。謀(はかりごと)の気配は見て取れなんだ故」

「給仕(きゅうじ)さん、お代わりってもらえる？　いっぱい喋(しゃべ)って喉渇いちゃって」

図太く二杯目を要求するユーリィに骸骨の給仕(きゅうじ)が一礼して歩み寄り、ポットから空のカップへお茶を注ぎ始める。唖然(あぜん)とそれを見つめるオリバーの後ろで、こちらも空のカップを掲げて二杯目を要求していたティムが声を上げた。

「慌てんなホーン、毒が入ってりゃ僕なら一目で分かる。警戒はこっちでしとくから、お前らは適当にくつろいどけ。さすがに疲れも溜(た)まってきてんだろ」

その態度にはさすがに場数の違いが表れていた。ティムにそう言われてもまだ躊躇(ためら)うオリバーだったが、シャノンに腕を引かれたところで観念して長椅子に腰を下ろす。そこへ骸骨の給仕が茶請けの菓子を運んできて、ナナオとユーリィはもちろん嬉々として手を伸ばした。

　六人を応接間に押し込むと、リヴァーモアはその足で工房の奥へと向かった。そうして待たせてあった棺の前へと戻り、苦い面持ちで彼女へ状況を説明する。

「……そういうことだ。業腹だが、押しかけ客を追い返し損ねた」

「あはははは！　めちゃくちゃ面白いことになってるね！　いいよいいよ、賑やかなほうが私も嬉しい！　楽しみだなぁ、話に聞くばかりだった君の学友と顔を合わせるのが！」

　男の苦悩とは裏腹に楽しげな声が返ってきた。それも予想通りとばかりにリヴァーモアが鼻を鳴らし、棺を手の甲でコンと叩く。

「肉体の最終調整は済んだ。……ここからは集中に費やす。お前も心の準備をしておけ」

「とっくに済んでるさ。時間だけはたっぷりあったからね」

　迷いのない返答が男の背中を押す。頷いたリヴァーモアが棺の傍らに用意した魔法陣の中へ腰を下ろし、そこでゆっくりと深呼吸を重ねた。戦いで昂揚した心身をそうして鎮め、整えていく。……この先に待ち受ける全てに対して、心が揺らぐことのないように。

応接間に案内されてから二時間ほど経つ頃。オリバーの両膝は、なぜかナナオとユーリィの枕として占領されていた。

「……んが……見て……これおいしいよ、オリバーくん……」

「…………」

真っ先に眠りこけたユーリィの寝言を聞きながら、オリバーはもはや何度目とも知れずため息を吐く。……無限に抱き締めたがる従姉から逃れて向かいの長椅子に移ったのはいいが、そうすると今度はこのふたりがくっ付いてくるのだ。その結果が今の挟み撃ちである。

「――オリバー。ひとつ疑問なのでござるが」

正面の長椅子でこくこくと舟を漕ぐシャノンを眺めていたオリバーに、そこでふと膝元から声が掛かる。さっきまで目を閉じていたナナオが、下からまっすぐに彼を見つめていた。

「先のリヴァーモア殿とのやり取り。貴殿らはずっと、後にゴッドフレイ殿の骨が返ってくることを前提に話してござったな」

「ああ、そうだ。骨が使い減りしない根拠は完全じゃないが、戦いのリスクと秤にかけて……」

「そこでござる、拙者が分かり申さぬのは。使い減りも何も、先方が成さんと試みているのは死人の黄泉返りにござろう？　さすれば今は剝き出しの骨の一片も、じき肉に包まれ体の一部と化すが道理。それを如何にして事後お返し願うのか、拙者には皆目分かり申さぬ」

腕を組んで疑問を示す東方（エイジア）の少女。しばらく考えて、オリバーはやっと合点（がてん）がいった。

「そうか、そこからか。……話が分からなかったのは無理もない。あの時の俺たちはひとつ、君が知らない前提を踏まえて話していたんだ。今のうちにちゃんと説明しよう」

　そう言ったオリバーがしばし考え込み、教えるべき内容を整理する。――キンバリーへの入学から二年以上が経（た）った今も、ナナオには魔法使いとしての基本的な知識の欠けが少なからず残っている。実用から離れた分野では特に多い。が、時たま表に出てくるそれらをひとつひとつ埋めていくのが、自分は決して嫌いではない。

「――第一に。この世界において、死者の蘇生は許容されない。法や倫理の問題ではなく、より根本的な世界律――感情的な魔法則（ヒステリックセオリー）に抵触する。『神』が定めたルールに違反するんだ。この世界で行う限り、どんな魔法使いもこれからは決して逃れられない」

「やはり左様でござったか。されど、リヴァーモア殿はそれを試みるのでござろう？」

「その点もこれから説明する。――第二に、リヴァーモア先輩の最終目的は古代死霊術の再生だ。なので厳密には、死者の蘇生（そせい）はその手段と見なすのが正しい。魔法使いが『蘇生（そせい）』を試みる時はおおよそこの文脈になる。……重要なのは生き返らせることではなく、生き返らせた相手から得られるもの。これは憶（おぼ）えておいてくれ」

　オリバーの言葉に膝の上でナナオが頷（うなず）く。その反応を見ながら、何も説明を急ぐことはない、と少年は思う。今、時間はたっぷりあるのだ。

「風雨に晒されてひどく劣化した古い巻物を想像して欲しい。君はそれを開いて中身を読みたいが、うかつに触ると簡単に崩れ去ってしまう。だから最新の注意を払って扱いつつ、持ち得るあらゆる方法を用いて内容の解読を試みることになる。リヴァーモア先輩はこれを巻物ではなく人間で行っているわけだ。

蘇生はその中でも究極的な手段のひとつで、喩えるなら中身を丸ごと他の紙へ書き写すのに近い。この写本行為――即ち、新たな肉体への魂の移し替えこそ、世界が禁じる『蘇生』に当たる行いになる」

オリバーが一旦言葉を切る。きちんと理解させる気なら、ここは少し掘り下げたほうがいい。

「補足すると、一見してこのルールに反するように見える事象もある。いわゆる憑依などはその代表だな。自分ではない他者の肉体に幽霊が乗り移る現象だが、より本質的には『乗り移る』というよりも『絡み付く』というほうが近い」

「絡み付く？」

「説明は難しいが、そうだな……君に馴染みの深い馬術で例えよう。馬が肉体、それに乗っている騎手が魂だと思ってくれ。この馬に乗って動かせるのは本来の騎手、すなわち本人の魂のみで、他の馬から降りた騎手は別の馬に乗り換えることが出来ない。この『自分の馬を失った騎手』がいわゆる幽霊だ。が、それでもどうにか新たな馬が欲しくてたまらない――そう願った幽霊は、馬の胴体や脚に絡みつくことで無理やり動かそうとする。これが憑依の仕組みだ。

あくまで例え話だから正確じゃない部分も多いが、要するにとても不自然で半端(はんぱ)な形なのだと考えておいてくれ」

「ふむふむ。分かり申した」

「この半端(はんぱ)さ、不完全さ故に憑依(ひょうい)は蘇生(そせい)とは見なされず、世界のルールに抵触しない。死霊術(ネクロマンシー)ではそれを逆手に取って死者に仮の肉体を与え、使い魔として使役する。……だが、こうした形では、魂が持つ本来の能力のほんの一部しか発揮できない。成長性や創造性は皆無に近いし、高度な思考力を維持することも難しい。ここの死霊(アンデット)たちのように単純作業に従事させるだけなら可能だが、ある人間を『魔法使いとして』蘇生(そせい)させる気ならそれでは意味がない。魔法の大半は、その使い手が正常に『生きている』状態じゃないと行使できないからだ」

ふぅむ、とナナオが目を閉じて唸(うな)る。オリバーが情報を振り返って整理する。

「一旦話をまとめよう。リヴァーモア先輩は古代の死霊術(ネクロマンシー)を再生したいが、そのためには古代の魔法使いを完全な形で蘇生(そせい)させなければならず、それは世界のルールによって禁じられている。ここまではいいか？」

「どうにか理解が追い付いてござる」

「なら核心に入ろう。この『世界によって禁じられた蘇生(そせい)』を強いて実現する場合、理論的にはふたつの方法が有り得る。ひとつは『別の世界に行って蘇生(そせい)を行う』方法。この世界では許されない行いも、他の『神』が敷いたルールが支配する世界では許容されうるという理屈だな。

が――これは現時点では絵に描いた餅。つまり机上の空論だ」

「ほう。それは何故？」

「魔法使いが訪問可能な範囲の異界に、こちらにとって望ましい形での蘇生を許容する世界がない。国の法律で喩えるなら、日の国でダメな盗みは大英魔法国でもダメ、といった具合だな。もちろんそれ以外にも現実的な問題は山積みなんだが――ひとまず『別の世界で蘇生する』方法に関しては、今のところ実現不可能だと把握しておいてくれ」

ナナオがこくりと頷く。異界周りに関しては説明すべきことがまだまだあるが、それは今の話の本筋から外れる。また別の機会を設けようと思いつつ、オリバーは言葉を続ける。

「よって自ずと、リヴァーモア先輩が用いる方法は残りのひとつになる。……それが即ち、『蘇生のために新たな世界を創り出す』方法だ」

「――それは」

ナナオの表情がかすかに張り詰める。その反応から相手の想像したものが察せられて、オリバーはそれを肯定した。

「君にもピンと来ただろう。そう、オフィーリア先輩の一件で見たあれだ。絶界詠唱――あの技をもって展開した領域では世界のルールが塗り替えられ、背理こそが正理となる。蘇生もまた然り。最初からそれを織り込む形でデザインされた絶界であれば、そこでの蘇生の実行を阻むものは何もない。あらゆる可能性の中で唯一、リヴァーモア先輩の目的が叶うのがその場所なんだ」

世界が許さぬ行いを成すために、自らの手でもって新たな世界を創り出す。それは魔法使いの営みが究極的に行き着くところであり、同時に途方もない難行である。無論、一代では到底成し得ないほどに。

「……だが。ズバ抜けた実力を持つ魔法使いが入念に準備を整えた場合であっても、展開した絶界を制御下に置き続けるのは至難の業だ。オフィーリア先輩がそうだったように、そのラインを越えて維持し続ければ確実に魔に呑まれる。……必然、蘇った人間が生きていられるのも、その限界までのごくわずかな時間に過ぎない」

それを聞いた瞬間、ナナオの瞳が理解と哀しみの色を同時に湛えた。残酷な結論に思い至った彼女を慰めるように、オリバーがその髪をそっと手で梳く。

「リヴァーモア先輩の雰囲気からも伝わっただろう。これから始まるのはひとりの魔法使いの蘇生の儀式であり、同時に葬送の儀式でもある。……俺たちはそれに粛々と立ち合い、一部始終を見届ける。そうして全てが終わった後――そこに残った亡骸から、骨の一片を貰い受けて帰るんだ」

部屋に通されてから十一時間余りが経過したところで、オリバーたちはリヴァーモアに呼び出された。骨の給仕に案内されるまま静かな廊下を進んでいった先で、六人はついにその場所へと辿り着く。中心にひとつの棺が置かれ、それを囲むようにして床の全てに魔法陣が描かれた、これまでの空間と比べてもひときわ広大な部屋。オリバーは直感した。これこそがこの死霊の王国の「玉座」に他ならないのだと。

「……始める前に、改めて確認しておく」

棺の前にぽつんと佇むリヴァーモアが低い声で告げる。先刻の戦闘による昂揚はもはや跡形もなく、その魔力はどこまでも静謐に整い、それでいて漲っている。集中の極みにあるその姿を前にして、オリバーたちもまた無意識に背筋を正す。

「儀式の最中、こちらで何が起ころうと絶対に手は出すな。お前たちはあくまで見届けるだけだ。……代わりに、何があろうとそちらに危害は及ぼさんと約束する」

「無論だ、理解を超えた術式に割り込むほど愚かではない。……誓って座視しよう。喩え、お前が我々の目の前で死に瀕しようとも」

グウィンが突き放すように言い切り、リヴァーモアが頷いて棺に向き直る。それ以上の念押しは互いにしない。オリバーたちがその気になれば儀式を邪魔することも可能だが、そうすればリヴァーモアも直ちにゴッドフレイの骨を破壊可能である。つまり——どちらも自分の目的を果たすために、相手の目的を無事達成させるしかない状況なのだ。

そうして場は整った。リヴァーモアの右手が白杖を抜き、ゆっくりと正面に構える。

「——フゥウウウ……」

ひときわ深い呼吸を経て。六人が見守る中、その詠唱が始まった。

――亡骸は　悉く　同じ方角を睨み斃れている（ミツネ　オムネース　スアース　カルウアリアース　アド　エアンデム　パルテム　ヴェルテンテース　ケキデールント）

背筋がざわつく。今すぐ逃げ出したい衝動が腹の底から湧き上がるが、オリバーはそれを懸命に押し殺して踏(ふ)み止(とど)まる。――前は観察している余裕などなかった。だが、今は違う。

その脚は末期まで地を蹴った脚（ヒー　イプシー　ペーデース　クイブス　フエリエーバントテッラム　ハエ　イプサエ　マヌース　クイブス　セルペーバント）
その腕は末期まで地を這った腕（アド　プンクトゥム　テンポリス　モルテイス　エオールム）

ユーリィの頬が上気して赤く染まる。ナナオの口元がぎゅっと引き結ばれる。予備知識がなくとも魔法使いならば肌で分かる。それがひとつの魔道の最果てなのだと。

野晒しの骨が叫ぶ　まだ蹴り足りぬ　まだ這い足りぬと（オッサ　デイッシパータ　クラーマント　セー　イプソース　エティアム　エゲーレ　エト　フエリエンディー　エト　セルペンディー）
その声が響く限り　お前たちは誰も死んでなどいない（ドゥム　ウオーケース　ウエストラエ　ソナント　ネーモー　ウエストルム　モルトゥウス　エスト）

リヴァーモアが杖（つえ）をまっすぐ天井へ向ける。同時に周囲の景観が下から生じた何かに侵食され始める。無数の黒い糸だ。それらは互いに折り重なりつつ上空へ広がり、オリバーたちの頭上を混じり気のない一色に染め上げていく。

黒絹糸で天を編む（テクサム セーリキース ニグリース ノウム カエルム）　昇る天に非ず（ホク イプスム ノーン アド）　覆い閉じ（ウオース アスケンデンドウム セド アド）
ひた隠す天である（アブスコンデンドウム エト テルゲンドウム エスト）
黒天の下に死者はなく（スブ カエロー ニグロー ヌツルス モルトウウス）　ただ血肉を失った生者のあるのみ（セド エスト ウイーウエンス シネサングウイネ エト カルネ）

空が閉じると共に、あらゆる色彩と遠近感を失った暗黒が視界を埋め尽くす。シャノンが従弟（おとうと）の手をぎゅっと握る。

甘い微睡を拒み（ドウルケ ドルミータテイオーネ ウエテイター）　擲ち棄てた安寧は死（モルテ ユークンダー デーポシター）　選び取った苦痛は生（エルゴー エーレクタ エスト ウイータ ドローリス）

詠唱は続く。全（まった）き暗闇が、どこからか生じた暖色の光に少しずつ照らされ始める。

血潮は生に非ず（ネクエ サングイス ネクエ オース）　骨肉は生に非ず（ネクエ カロー セド イプサ ウオルンタース）　ただ意志こそが生である（エスト シグヌム ウイーウエンデイー）

世界が生じる。領域魔法の範囲すら越えて拡張された魔法使いの自己が確たる形を成し、男は新たな律でもってそれを営む。いくつもの背理が正理へと置き換わり、

此処に墓は無い　魂の擦り切れるまで生き果てよ

『失楽園』！

月も星もない。それでいて仄かに明るい夜空の下に、気付けば彼らは立っていた。

空中を行き交う無数の死霊たちで大気が朧に揺らめく。いや、それはもはや死霊と呼ぶべきではないのかもしれない。肉体の喪失はこの場所において死を意味しない。彼らに苦痛を選ぶ意志があるのなら、今なおその存在は線引きの「こちら側」だ。

「……これが……」

跡形もなく塗り替わった、しかし予想よりも穏やかな風景に囲まれてオリバーが立ち尽くす。その視線の先で、リヴァーモアが額の汗を手の甲でぐいと拭う。

「サルヴァドーリのような天才と一緒にしてくれるなよ。……この絶界は曾祖父が編み出したもの。俺はそれを受け継いだに過ぎん」

自嘲気味にそう告げて、男は中空へ向けていた視線を真下の棺(ひつぎ)へと戻す。魔法使いの到達点とも称される絶唱だが、それも今回はあくまで場を整えただけのこと。彼にとっての本番は、むしろここからである。

「蓋を開くぞ、ファウ。――**開かれよ**(パテンテイプス)！」

リヴァーモアが満を持して杖(つえ)を振る。同時に無数の錠前の外れる音が重なって響き、次いでゆっくりと蓋が横にずれ始めた。千年を越えて外界と隔絶されていた死者の寝所へと外気が雪崩(なだ)れ込む。

「**霊よ**(スピリトウス)　**魂よ**(アニマメア)　**器に宿れ**(レスシタテイオ)！」

その中身。放り置けばたちまち霧散してしまうだろう霊魂を、リヴァーモアはすぐさま隣の肉体へと導く。長年かけて集めた骨をベースに手ずから組み立てた小柄な少女の体。そこに新たな中身が注ぎ込まれる手応えを、この瞬間、彼は確かに感じ取った。

しん、と沈黙が下りる。リヴァーモアの足元に横たわったまま、その体は微動だにしない。

「む――」「おいおい。失敗か？　ここまで来て」

ティムが声を挟む。霊魂の動きは直接観測できないため、彼らにはただ大気が揺らいで見えたのみ。が――その杞憂(きゆう)を払拭(ふっしょく)するように、リヴァーモアが三度(みたび)杖(つえ)を振り上げた。

「気つけが足りんだけだ。……**電光疾りて**(トニトウルス)！」

杖(つえ)先から放たれた電撃が横たわる体の胸に命中する。活動を強制された心臓がどくんと脈打

ち、流れ出した血潮が全身へ行き渡る。青ざめていた顔がたちまち血色を帯び、

「ア――痛ったぁぁぁぁぁ！」

両目がかっと見開くと同時に、その喉から絶叫が迸った。沈黙から一転してのた打ち回る相手を平然と見下ろすリヴァーモア。そんな彼の足元で転げ回ること数十秒、悶絶していた彼女がやっとのことで地面に手を突いて動きを止める。さらに数秒の後、その体勢から涙目で男を見上げた。

「……なんで⁉　ねぇサイラス、なんで電撃なの⁉　待ちに待った目覚めがもう最悪なんだけど⁉」

「知るか。いつまでも心臓を動かさないお前が悪い」

「心肺蘇生なら他にいくらでも方法あったじゃん、せめて手当てとかさぁ！　……ていうか、うわっ、その声！　直に聞くとこんな感じなんだ⁉　もっかい！　今のもっかい喋って！」

身を起こした少女が立ち上がってリヴァーモアに駆け寄る。高い位置にある顔に背伸びして手を伸ばし、頬をぺちぺちと指で叩く。まるで赤子が親の顔へそうするように。「触れられる」という喜びを噛みしめるように。

「……老けてるなぁ、サイラス。君まだ二十二歳だろ？　なんでこんなに若さがないの？」

「死人にさんざん付き合って苦労させられたのでな。お前のほうは概ね予想通りだ。はしゃぐのもいいが、体の具合はどうだ？」

好きに触らせながらもリヴァーモアが相手の状態を確認する。言われた少女がはっとして自分の体を見下ろし、その場でぴょんぴょんと飛び跳ねる。

「……めちゃくちゃ調子いいよ。え、なにこれ。下手したら生前よりいいかも」

「結構だ。素材を選りすぐった甲斐がある」

軽く頷いてリヴァーモアが言う。懲りずにその顔へ手を伸ばしかけた少女だったが、そこでふと参列者の存在を思い出した。オリバーたちにくるりと向き直り、少女が笑顔で口を開く。

「君たちがサイラスの学友だね。——初めまして、私はファウ。今日までしぶとく昇天し損なってしまった昔々の魔法使いだ。この度は私の復活祭に参列してくれてどうもありがとう」

「……悪ぃ。挨拶されてんだと思うけど、言葉がさっぱり分かんねぇ」

聞き慣れない発音の羅列にティムが肩をすくめる。対応に困るオリバーたちの中で、グウィンが顎に手を当てて相手の言葉に集中した。いつも物静かな彼が珍しく興味深げだ。

「古代言語だな。考えてみれば当然だ、死霊になってから英語を学べたはずがない。記憶を読んだ時に聞き取れたのはリヴァーモアの認識を通していたからか」

「俺に通訳しろということか？　まったく、蘇っても手間のかかる」

リヴァーモアが間に挟まって六人とファウの会話を成立させる。そこからはしばらく、自分たちが何をしているのか忘れるほど呑気な言葉のやり取りが続いた。ころころと移り変わる表情の豊かさ率直さ、見た目の年齢そのままのファウの振る舞いに、オリバーは胸がぎゅっと締め付けられる。——背負った使命の重さに比して、この相手は余りにも幼い。

「思考と知覚は正常に働いているようだな。……となれば、残りは魔力だが」

ファウが腰から杖を抜いて右手に構える。その先端にぽっと炎を灯した状態から、彼女は独特のステップで地上を舞い始めた。全身の動きに伴って杖の先端で次々と色が移り変わり、それが一巡する度、踊りのリズムは徐々に加速していく。

「……！」「おお。流麗にござるな」

目を見開くオリバーの隣でナナオが感嘆の声を上げる。早いテンポでの属性転換はオリバー自身もよく行う魔法使いの準備運動だが、ファウの場合は属性を変える際の「継ぎ目」がほぼ見当たらない。これだけでも魔力の扱いに関して相当な巧者であることが窺われるが、何よりも瞠目すべきは全身の魔力流の滑らかさだ。属性を変更する時は多かれ少なかれ魔力が波打つものなのに、ファウはそれをほとんど感じさせない。肉体での魔力運用を鍛えるだけではこうはならない。より深いレベル、おそらく霊体の次元から魔力を制御下に置かなければ。

ひとしきり舞い終えたファウが緩やかに動きを止め、くるりとリヴァーモアへ振り返る。

「うん、問題ないね。……それじゃ、始めよっかサイラス。慌ただしくて悪いけど」

「ああ。中に入れ」

頷いたリヴァーモアが踵を返し、なだらかな丘の上、絶界の中にぽつんと佇む庵へと歩き始めた。その中で死霊術の伝授を行うことが察せられて、参列者たちは無言で見送る。ファウも彼の背中に続くが、途中で一度振り向いて六人へぶんぶんと手を振った。オリバーが思わず苦笑する。あの親しみやすさはとても千年以上昔の人間とは思えない。

「――っ――」

が。庵まで後わずかのところで、なぜかリヴァーモアがぴたりと歩みを止める。その背中を見上げてきょとんとするファウだが、一瞬遅れて彼女もまた男と同じものを感じ取った。ふたりが弾かれたように背後を振り向いた時、離れた位置のオリバーたちもまた異変に気付き、

「――なんか、来る」

虚空を見上げたユーリィがぽつりと呟く。その視線の先で、空間の一点がぱきりと罅割れた。

「……これは、まずい……」

砕けた世界の向こうから、ぼろぼろの黒衣を纏った青白い骨の腕が突き出す。ファウの顔が引き攣り、リヴァーモアの顔から血の気が失せる。今目の前で何が起こりつつあるか――それがどのような結果に繋がるかと合わせて、ふたりには見えてしまっている。

「……絶界の結び方が完璧じゃなかったんだ。あいつらに、嗅ぎつけられた」

地を踏む脚はない。中空に浮かんだ黒衣の内から、骨の腕が大鎌をぞろりと抜き出す。およそ一切の光を反射さない刃はただ命を刈り取るためだけのもの。その担い手を知らぬ者はない。それは数え切れない歌に、詩に、寓話に語り継がれる恐怖の具現。かつて「神」が定めた世界の掟、遍く生命に訪れる終わりの時。

即ち、感情的な魔法則(ヒステリックセオリー)が第二法則。――誰も(ノーワン)　永遠には(リブズ)　生きない(フォーエバー)。

「……命刈る者(リーパー)……！」

オリバーの口が畏れをもってその名を呼ばわる。立ち尽くす彼らの眼前で、リヴァーモアとファウが同時に杖剣(じょうけん)を抜いた。

「甦れ古人ども(レスシタティオ)！」

詠唱に応えて、地中から実に十二もの影が一斉に湧き上がる。そうして現れたのは性別も年齢も様々な古代の魔法使いたち。かねてよりリヴァーモアが使役していた無貌の古人(ザッハーク)――彼らがこの絶界の中で「生者として」蘇(よみがえ)った姿だ。長い年月の間に人格こそ擦り切れているが、肉体と霊魂が正常に結び直されたことで呪文が行使可能となり、その戦力は飛躍的に向上する。正真正銘、今のリヴァーモアが持つ最後の切り札である。

ひとりの古人の足元から見たこともない骨獣が湧き上がる。別の古人が展開した影の中から得体の知れない巨体が這(は)いずり出す。また別の古人の周りで大量の呪詛(じゅそ)が竜巻となって渦巻く。分析の暇など与えもしない。それらは現れた端から標的へと殺到し、その悉(ことごと)くを――死神(ししん)の無造作な一撃が、雑草も同然に刈り払った。

「――ッ！」

死の巡行が始まる。先行した骨獣たちが粉々になって散らばると、死神の狙いは後方の古人たちへ。最初のひとりが盾に出した骨獣もろとも両断され、影に潜って逃れようとしたふたり目がその影ごと切り裂かれた。余りにも圧倒的な光景にオリバーの全身が震える。太古の秘術を駆使する古人たちが総がかりで挑んでも、戦いがまるで成立しない。

「ぐッ……！」

リヴァーモアが歯噛みする。この絶界の内に在る限り肉体の損傷にさしたる意味はないが、命刈る者の攻撃は文字通り霊体を直接刈り取るもの。それを失ってはもはやこの世界ですら蘇生は叶わない。気付けば開戦から一分と経たないうちに、彼の切り札である古人たちは最初の半分近くまで減っていた。

死神が荒ぶる。お前たちは必ず死ぬのだと世界のルールを告げている。それに抗い絶望的な戦いを続けるリヴァーモアとファウの姿を遠く見つめて、ティムがぼそりと呟く。

「……ダメだ、ありゃ。一体しか現れないところを見ると、絶界で向こうの力は大幅に削げてんだろうが――死霊術と死の神霊じゃ、そもそもの相性が悪すぎる」

「――――」

彼がそう語る一方、目の前の窮地を見かねて、ナナオの手が半ば無意識に腰の刀へ伸びる。が――そんな彼女の肩を、ティムの右手がかつてない力強さで摑み止める。

「おい、助太刀しようとか思うなよ。……狙われてんのは甦ったあの女と、それを守ろうとしてるリヴァーモアだ。自分から首を突っ込まない限り、命刈る者の矛先はこっちには向かねえ」

「む」

「何があっても手を出すな、そう言ったのはリヴァーモア自身だ。……つーか、もう理屈の話じゃねぇんだよ。お前らだって肌で感じるだろ?」

言いつつ、ティムは後輩たちに片手を掲げてみせる。オリバーが息を呑んだ。あの〈毒殺魔〉ティム＝リントンが、生徒会きっての斬り込み役として無数の死線を潜ってきた魔法使いが——今、その指先を小刻みに震わせている。

「仮に統括が万全の状態で一緒だったとしても、僕はあれに喧嘩は売りたくねぇ。二百年生きた化け物クラスの魔法使いが、それでも八割がた退けられずに殺される——あれはそういう次元の呪いだ。後輩を連れたこの面子でどうこうしていい相手じゃねぇ」

自明の正論だった。同時に、他でもないティムの口から告げられるからこそ、その言葉には途方もない重みがあった。押し黙る後輩たちへ、グウィンがさらに声を重ねる。

「残念だが、ティムの言う通りだ。……あのふたりがやられたとしても、ゴッドフレイの骨が無傷で残る見込みはある。それに賭けるしかあるまい」

今の彼らに許される、それが唯一にして最良の方針だった。抵抗空しく命刈る者にファウが殺された後、その亡骸から骨を回収して速やかに撤退する。それでゴッドフレイの骨に付着した霊体が無事で済むかどうかは分からないにせよ、そこはもう運任せ以外に仕様がない。

「…………」

感情に固く蓋をし、オリバーは己に無為を命じる。——これでいいのだ。結果がどうあれ、この六人から犠牲が出ることだけは避けなければならない。そもそもリヴァーモアとはつい先刻まで殺し合っていた間柄で、ファウはその仲間。状況のどこを探しても、ここで全滅のリスクを負ってまで助力する理由は何もない。

「ぐぅっ……！」「サイラス！　君は下がって！」

死神の一撃で霊体に傷を負ったリヴァーモアが苦痛に顔を歪め、そんな彼を庇ってファウが前に出ようとする。が、その動きは他でもないリヴァーモア自身の手で頑なに押し留められた。

凍らせた心の中でオリバーは思う。——魔法使いの論理で語れば、それは間違った行動だ。彼らの力で命刈る者を退けられない以上、この儀式はすでに失敗している。つまりは戦うだけ無駄であって、未来を見据えて動くのなら、いっそ大人しくファウを命刈る者に差し出すのが正しい。今のリヴァーモアは自分の命を無意味な危険に晒しており、おそらくは本人もそれに気付いている。

「……まったく。仕方ないなぁ、君は」

男の背後でファウが微笑った。彼女が握る杖の先が、すっと自分の胸を向いた。ああ、とオリバーは心中で重い息を吐く。手に取るように分かってしまった。彼女の想いも、それが導く結論も。同じ立場なら、きっと自分もそうしただろうから。

短い呼吸を経て。ひとつの呪文が、夜空に遠く響いた。

「――え？」

杖を構えたまま。自分がしようとしたことも忘れて、ファウがぽかんと声を上げる。

彼女の目の前で、命刈る者が止まっている。リヴァーモアへ襲い掛かる寸前に真横から割り込んだ電撃の直撃を受けて。大鎌を振りかぶった姿勢のまま、死の御使いは束の間その存在を陽炎のように揺らめかせている。

彼女とリヴァーモアが呆然と向けた視線の先に、それを成した者がいる。電光の残滓をまとった杖剣を手に、傍観者の立ち位置から大きく前へ踏み出して。考えうる限りもっとも愚かしい選択を行った少年が、ただひとりそこに立っている。

「――ノル」「は――!?　何やってんだお前！」

従弟の背中を見つめるシャノンがぽつりと呟き、一瞬の忘我を経てティムが血相を変える。

予期せぬ乱入を受けたリヴァーモアが、手負いの獣の眼でぎろりと少年を睨む。

「……何のつもりだ、三年坊。何があっても手を出すなと――」

「あなたのためじゃないッ！」

血を吐くようにオリバーが叫んだ。同時に、まったく度し難いと自分でも思う。リヴァーモアのためでないどころか、突き詰めればきっと、これはファウのためですらない。

人が死せる定めを覆す、その意志は自分にはない。それは生命の設計に対する反逆であって、自分の悲願とはまた異なるものだ。が――その一方で、今目の前で起ころうとしている出来事に納得してもいない。地上で長い時を生きた魔法使いたちと同じ基準でこの少女の命が刈り取られる、そのルールの杓子定規さに眩暈を催すほどの怒りを覚える。

死神を睨みつけてオリバーは問う。――この蘇生の、いったい何が罪だというのか。

太古の智慧を未来へ伝える使命を帯びて、暗い棺の中で気が遠くなるほどの年月を越えてきたひとりの少女がいた。明るい光の下で過ごせるはずだった多くの時間を闇に葬り、自我が摩耗していく恐怖と果てしなく戦い続けながら、彼女は待ち続けた。いつ実現するとも知れない束の間の蘇生を。自分が生まれてきた意味の全てをそこに懸けて。

その在り方には同情も敬意も抱く。が、オリバーを突き動かしたのはそれではない。

……自分を蘇らせた男が危うくなった時、ファウは迷わず自らの命を断とうとした。棺の中で耐えてきた悠久の年月を、それで全て無にすると知りながら。

……過去と現在の二回、リヴァーモアは死神に戦いを挑んだ。一度目は彼女に新たな生を与えるために。二度目は、彼女の生を無駄にしないために。

その想いを、オリバーは守りたい。愚かでも、間違いでも、どうしようもなく守りたい。この儀式ではなく、古代の死霊術の秘奥でもなく、ただ彼らの心そのものを。過酷な年月と挫折を経ても失われなかった、遠い日のままの少年と少女の優しさを。

だから、死よ。去れとは言わない。ただ——今少しだけ遠ざかれ。

「……使命を果たせ、サイラス＝リヴァーモア！　たとえ世界が許さずとも！　それが魔法使いの務めだろう！」

魂が叫ぶまま、オリバーは遥か格上の魔人へと檄を飛ばす。リヴァーモアが雷に打たれたように立ち尽くし——その眼前で、少年の傍らにふたつの影が歩み出た。

「攻め手は如何に？」

「んー、神霊ってどうやって戦うんだっけ。確か殺せないよねあれ」

刀の鞘を払いつつナナオが問いかけ、ユーリィが変わらず呑気な顔で首をかしげる。喉まで出かけた詫びの言葉をオリバーは強引に呑み込んだ。今口にすべきは断じてそれではない。

「ナナオ、レイク——」

「有効な属性をぶつけて『現象として』相殺し続ける、それが唯一の対処だ。向こうの攻撃には絶対に当たるな。霊体を直接刈り取られるぞ」

グウィンとシャノンが両脇から三人の前に出る。オリバーの顔が一瞬だけくしゃりと歪む。

「従兄さん、従姉さん——」

「分かってた、よ。ノルがほんとうに、したいこと」

「相手が何であろうと構わん。お前の心が望むのなら——我々は寄り添うのみだ」

シャノンが白杖を構え、グウィンが愛用のヴィオラに弦を当てる。同時にオリバーとナナオの体を左右に押しのけて、もうひとりの上級生がずいと前に出た。

「この馬鹿ども……。何が妙手だよ、レセディの奴。思いっきり人選ミスってんじゃねぇか」

「リントン先輩――」

オリバーが驚きを込めて先輩の背中を見つめる。腰の杖剣を抜きつつ、ティムが横目でじろりと後輩たちを睨んだ。

「僕らの代よりお行儀がいいと思ってたのに、そりゃとんでもない勘違いだったな。この土壇場で最高に面倒な仕事増やしやがって」

戦う――〈毒殺魔〉が舌打ちする。潤沢に戦力を揃え、有利な状況を選び、必勝が見込める相手とだけレセディが口を酸っぱくして語ってきた、それが生徒会活動における戦闘の鉄則だ。が、古参メンバーなら誰もが知っている。その教えが、他でもない過去の自分たちを反面教師としたものであることを。

必勝など望むべくもなかった。彼らが戦うべき相手、打ち倒すべき相手は、いつも彼らの都合とは無関係に現れた。勝ち目を勘定している暇があったら呪文をぶち込み、守るべき相手がそこにいれば助ける前提で攻め手を考えた。そのようにして駆け抜けた灼熱の時間こそ、彼らの誇りだ。

今もその時と同じこと。つまり――この状況は、至って伝統的な生徒会の現場である。

「しゃーねぇ、付き合ってやるよ。ちょうど決戦装備の使い道にも困ってたとこだからな。

「……けどな、これだけは言っとく。ひとりでも死んだらブッ殺すぞ！」

殺気を帯びた魔力を全身から放ち、〈毒殺魔〉がその牙を剥き出しにする。束の間の停滞から復帰した命刈る者が再び動き出すのを前に、グウィンが鋭く声を放つ。

「二十分だ、リヴァーモア！　その間は何としても我々が命刈る者を食い止める！　間に合わせられるな⁉」

問われた魔人が一瞬歯を食いしばり、それからファウの手を引いて踵を返す。迷っている暇はない。彼が果たすべき務めは目の前にある。

「……恩に着るッ……！」

気付けば、キンバリーに入学して以来、一度も使ったことのない言葉をその口が吐き出していた。彼と共に走りながら、死神と対峙する六人を横目で眺めてファウが微笑む。

「なんだいサイラス。君、いい友達がたくさんいるじゃないか」

その言葉を聞いた瞬間、およそ人間の限界に迫る渋面がリヴァーモアの顔に浮かび――幸いにもそれを誰かに見られる前に、彼はファウと共に丘の上の庵へと飛び込んでいった。その様子を横目で確認しつつ、ユーリィがぽつりと口を開く。

「ねぇ。ひとつ謎が解けたよ、オリバーくん」

「？」

「優しい友達のこと。ずっと不思議に思ってたんだ、なんでこんなに他人を心配するんだろうって。誰がどこでどんな無茶をしても、気にせず放っておけばずっと楽なのに」

突然の指摘にオリバーが戸惑う。裏腹な確信を声に宿して、ユーリィははっきりと告げる。

「その理由がやっと分かった。きみは──人の心が、何よりも大切なんだね」

胸の中心を射抜かれたように少年が立ち尽くす。と、そんな彼の服の袖を、東方(エイジア)の少女が横からくいくいと引っ張る。

「拙者は知ってござったぞ」

「イチャつくのはその辺にしとけ。──来るぞ！」

毒瓶を片手にティムが声を張る。身構えた彼らの前で、死神(ししん)が大鎌を振りかぶった。


庵(いおり)の中へふたりで飛び込み、扉に気休め程度の封印を施したところで、リヴァーモアは息を整えつつ部屋の中を見渡した。中央に円形の大きな作業台があり、その上には粉末状の魔法素材を載せた皿が数十種類、さらにはミイラ化した胎児の遺体がずらりと並んでいる。それらは全て母胎内で息絶えた水子であり、カルメンも聞き及んでいたように、様々な魔法使いの家から引き取られたものだ。はぁ、と男が息を吐いた。必要なものは全て抜かりなく揃(そろ)っている。

「……状況がこの有様(ありさま)だ。悪いが予定を巻いていく」

「もちろん。さぁ、君の領域を重ねたまえ」

頷いたファウが作業台に歩み寄って白杖をかざし、その姿勢でぴたりと動きを止める。リヴァーモアもその隣に立って感覚領域の一部を彼女と重ねた。ここから先の出来事において、目や耳はさほど意味を成さない。

「……フウゥウゥウ……」

彼女がまぶたを閉じて長く息を吐くと、胎児のミイラから目に見えない「何か」が一斉に立ち昇る。ファウは白杖でそれらを水飴のように絡め取り、そこからさらに呪文を唱えた。伴って不定形の「何か」が濃度の異なる複数の層に分離し、ファウの前で虹に似た円環を形作る。視認は出来ないそれを、リヴァーモアもまた自分の領域の内に感じ取った。

「……！」

「よく感じておきたまえよ。霊体接合の技術については君もかなりのところに来ているけれど、それでもまだ継ぎ接ぎのレベルだ。次のステップに入るには霊体をもっと細かく分けて、その扱いに明確な単位を設けるところから。言うなれば木材を一定の規格で切り出すようなものでね。丸太のまま使うよりもずっと便利だし、造れるものの幅も段違いに広がるだろう？」

説明しながらファウが杖を動かす。すると、さながら樹皮を剝がすように、虹の円環が外側から一層ずつ解けて空中に並んでいく。リヴァーモアが嘆息した。霊体を質ごとに分離する技術なら彼も修めているが、それでも自分の手で分けられるのはせいぜいが三種類。対して、ファウの前で解けていく虹には実に十七層もの区別がある。これだけでも死霊術師としての圧倒的なレベルの違いが見て取れる。

「もちろん単純にやれと言って出来ることじゃない。肉体に比べて霊体の研究が遅々として進まないのは、それを正確に観測することの難しさにそもそもの原因があるのだからね。原則として、霊体は直接目に見えないし触れない。陽炎(かげろう)のように揺らめく幽霊の姿さえも、実際には霊体の活動に影響された大気や塵(ちり)、魔素の動きが見えているだけだ」

　ファウの解説が続く。その一言一句、一挙一動の全てを、リヴァーモアは持ち得る全ての感覚を尖(とが)らせて観察する。それらは彼女が生まれてきた意味そのものだから。

「唯一に近い例外がここ、魔法使いの領域魔法の範囲内になる。この空間での知覚は五感を通したものじゃないから、人によっては霊体を直接感覚して干渉することも出来る。問題はそれが本人の素養に左右されることと、その感覚をどうやっても一般化できないことだ。魔法使いの個人領域(パーソナルスペース)での出来事であるが故に、この領域における経験は極めて主観的なものになる。目の前のりんごが赤いことは他人に説明できても、その『赤さ』がどういうものか言葉では伝えられないだろう？　それと同じ理屈でね」

　こうして領域を重ねた上で同じ対象に向き合っていてさえ、ファウとリヴァーモアが感じているものはすでに同じではない。目や耳といった共通の器官を経由する場合と比べて、自己領域における知覚の在り方は個々人で大きく異なるからだ。それは時に隔絶した個性を生み出す揺籃(ようらん)ともなり得るが、同時に避けがたい情報の断絶を生む。自分だけの感覚であるが故に、他人に伝えられないのだ。

「もちろん私たちは魔法使いだから、色んなやり方で追体験に近いことは出来る。でも、これも要するに伝言ゲームでね。受け取る側の感覚によって情報は変質するし、間に挟まる人間が多くなるほどそれは加速する。死霊術に限らず、魔法使いはこうした情報の劣化を抑制するために『近い感覚を持つ子孫』に後を継がせ続けるわけだけど——これも結局のところ、個人技がお家芸に昇格しただけのことだ。秘奥(ひおう)には都合がいいけど、技術の一般化には程遠い」

語り続けるファウの前で皿に載った粉末がふわりと舞い上がり、彼女が選り分(わ)けた霊体の一部と混じり合っていく。十二種あった素材を全てそのように使い切った上で、ファウは解けた霊体を再び束ね始めた。解体と変性を経て、その工程はついに再構築の段階へと突入する。

「以上の問題点を踏まえて、私たち古代の死霊術師が長らく追い求めたものがある。誰の目にも同じように見えて、同じように触れる霊体だ。これが実現してようやく霊体というものの扱いに客観的な物差しが打ち立てられ、死霊術(ネクロマンシー)はお家芸から学問になる。……あの滅びの前に辛(かろ)うじて、私たちはそこに辿(たど)り着(つ)いていた」

固唾を呑(の)むリヴァーモアの隣でファウが杖(つえ)を掲げる。何の比喩でもなく、目の前のそれに命を吹き込むために。

「霊(スピリトウス)よ　魂(アニマメア)よ　器に宿れ(レスシタテイオ)！」

注がれた魔力が風と光を伴って渦巻く。その只中(ただなか)に、ひとつの新たな存在が産声(うぶごえ)を上げる。

人の身で死の御使いに挑む。その意味を、オリバーは身をもって味わっていた。

まず、動きの法則性がほとんど摑(つか)めない。低空を滑るように動く命刈る者(リーパー)には移動に伴う足運びが存在せず、その動きは足場の状態と完全に無関係である。かといって箒(ほうき)や飛竜といった飛行性の魔法生物にも似通わず、そこには経験則に基づく対応が一切成立しない。

「雷光疾りて(トニトゥルス)！」

心持ち速度が緩んだ瞬間を狙い、背面と思われる部位を狙って電撃を放つ。が——続く瞬間。

オリバーのあらゆる予想に反して、死神の全身がその場で霧と化して散った。

「——!?」

黒い霧が空高く昇っていく。どう対処すべきかを決めあぐねるオリバーたちの頭上で、それは速やかに発達・展開し、もはや黒雲と化して大きく広がっていく。その光景を見上げたユーリィがぽつりと呟(つぶや)く。

「——あ。これ、降ってくる」「集まって！」

切迫したシャノンの声に他の五人が即応する。ただちに一か所へ集まって円陣を組むと、彼らは頭上へ各々(おのおの)の杖(つえ)を向ける。

「「「「「「抗え風盾(インペトゥス)！」」」」」」

六人を覆う形で風の障壁が展開し、ほぼ同時に死の雨が叩き付けた。たちまち周囲で雨を浴びた地面がぐずぐずに溶け崩れていく。無論障壁とて無事ではなく、全員で魔力を注ぎ込んで辛うじて侵蝕に拮抗している状態だ。オリバーは息を呑む――分散している状態で浴びていれば、おそらく何人かは耐えきれなかった。

「あれに決まった姿があると思うな！　死はどこにでもあり、あらゆる形を取る！」

従兄の忠告をオリバーが心に刻む。その間にも降りしきった「雨」は再び霧となって地面から浮かび上がり、今度は低空で寄り集まって巨大な球状に固まった。それが自分たちへ向かって急速に接近を始めたところで六人は再び左右へ分散し、

「あ、これ弾けるよ！」「――！」

ユーリィの言葉で全員が一斉に飛び退る。その直後、予告に違わず球体は内部から弾けて散乱した。飛んできた液状の飛沫を風で逸らしながら、オリバーは背筋にひやりとしたものを感じる。突撃を躱した直後に反撃を狙っていれば危なかった――が、今はそれ以上に。

「レイク、行動が読めるのか⁉」

「うん！　なんかね、動きがぜんぶ分かる！　死霊が相手の時よりずっと『聞こえる』よ！」

ユーリィがきっぱりと請け合う。それに驚きながらも、オリバーははたと思い至る。――相手が死の神霊だからか。魔法使いの支配下にあった死霊などとは違い、死の化身である命刈る者は言うなれば自然の営みそのものだ。ユーリィの直感は自然物に対して特に良く働くこと

が分かっている。この相手に対してもその法則が当てはまるのだとすれば。

「然らば、ユーリィ殿に合わせ申す！」

死神の飛沫を刀で斬り払いながらナナオが前進する。ここまでの戦いを経て、彼女の直感もまた「前衛が必要だ」と告げていた。治癒不能の攻撃を警戒してひとたび距離を開くと、命刈る者は様々に変形して彼女らを襲ってくる。が、逆に近距離に相手がいる時は最初の形態のまま大鎌を振るってくる傾向があった。どちらも危険には違いないが、未知の変形を繰り返されるよりは同じ形態に固定しておけるほうがいい。

「――あ、まずい。下がってナナオちゃん！」「む！」

彼女が剣の間合いへ突入しかけた瞬間、相手の行動を察したユーリィがその前進に待ったをかける。彼らの視線の先で、かつてなく高密度に凝縮した死神が不気味な引力を放ち始めていた。黒い球体というより、それはもはや空間に穿たれた穴。そこへ向かって自分の存在がぐいと引き寄せられるのを感じて、オリバーが切迫した声で叫ぶ。

「吸い込みの風――いや、これは呪詛の引力だ！　吸い寄せられるぞ！」

攻撃の正体を見抜いたオリバーが声を張り上げ、さらにナナオの背中へ向かって引き寄せ呪文を撃つ。もっとも死神に近い位置にいた彼女がそれで引っ張られて後退し、すんでのところで致命的な引力圏から脱出した。それぞれの形で引力に抵抗し、六人がその場に踏み止まる。

――生まれた瞬間から全ての生物は例外なく死の呪いを受けている。命刈る者はその繋がりを手繰ることで彼らを引き寄せてくるのだ。

「待ってたぜ、それを」

が、それを逆手に取ってこその魔法使いである。不敵に口元をつり上げたティムのスカートから複数の何かが一斉に飛び出す。腹部の液胞にたっぷりと魔法薬を蓄えた翅虫(はむし)の使い魔だ。それらは引力に逆らわず命刈る者(リーパー)の懐(ふところ)へと自ら飛び込み、そこで一斉に炸裂(さくれつ)する。瞬間、飛び散った液体を残らず吸い込んだ死神の全体がぐにゃりと歪(ゆが)んで白熱、空中で激しく沸騰した。

「霊薬(エリクシル)の大盤振る舞いだ。泣いて喜べ！」

〈毒殺魔(ガッサー)〉が快哉(かいさい)を叫ぶ。独自の製法で極端に成分が凝縮されたそれは人間が飲んでもすでに猛毒だが、大元が生命活動を促進するものであるが故に、死の化身である命刈る者(リーパー)には激烈な反作用として働く。対死霊(アンデッド)に用意した切り札がここで活(い)きた。たちまち真っ白な煙になって揮発していく死神の姿に、ナナオがおお、と感嘆の声を上げる。

「倒してござるか？」

「馬鹿言え。そんな簡単な相手なら、僕も最初からビビりやしねぇよ」

吐き捨てるようにティムが答える。その言葉を証明するように、死神が消え去った場所からやや離れた位置の虚空(こくう)で、見覚えのある黒い影が急速に滲(し)み出す。

「火を消しても火は死なねぇ。風を散らしても風は死なねぇ。同じように、何度遠ざけようと『死』は必ずやって来る。……どう足掻(あが)いてもこいつを倒せねぇのは、定命の存在として設計された僕らの宿命ってヤツだ」

「ならば全力で延命するまでだ」

グウィンがおもむろに愛用のヴィオラを奏(かな)で始める。それに意表を突かれてティムが問う。

「慰霊演奏？　命刈る者(リーパー)に効くのか、それ」

「むしろ本筋とも言える。……死はもともと、我々が『神』より課された原初の呪いだ。それを和らげ遠ざけんと望むなら、このように楽(がく)の音を奉納し嘆願するのが古よりの習い」

目の前の結果がそれを証明する。六人の眼前で再び形を得つつあった命刈る者(リーパー)が、彼の演奏が始まった途端に顕現の勢いを大きく鈍らせたのだ。演奏を続けながらグウィンが語る。

「……とはいえ、我々はすでに逆鱗(げきりん)に触れている。再臨までの時間を多少延ばすのが精々だろうが」

「じゅうぶんだ従兄(にい)さん。これで体勢を整えられる……！」

オリバーが額の汗をぐいと袖で拭う。ほんの数十秒の猶予でも、今の彼らには千金に等しい。

橙色(だいだいいろ)の光を帯びて空中にふわふわと浮かぶもの。ぼんやりとした人型を持つそれの姿を、創造主のファウ共々、リヴァーモアは息を呑(の)んで見つめていた。

「……これが……」

「そう、幽霊じゃない。水子の幽霊たちから選り分けた霊体をベースに、他の霊体・物質と合わせて再構築した人工存在。つまり——亜霊体生命だ」

ファウが厳かにその名を呼ばわる。と、作業台の上をぼんやりと浮かんでいた亜霊体生命が、するりと宙を滑ってリヴァーモアに寄っていく。さながら意志を持つマフラーのように、それは男の腕から首へと纏わりついた。

「おや、さっそく君に懐いているね。私の霊体も混ざっているからかな？」

「…………」

ファウが微笑む。間近から熱心に自分を見つめてくるそれを、リヴァーモアもまたじっと見返す。恐れも警戒も知らないその動きに、幼い子供だ、と男は感じた。

「幽霊とは決定的に違う点がふたつ。ひとつは、さっきも言ったように『誰にでも見えて触れる』こと。これまで神秘と主観のベールに包まれていた霊体の挙動が、この子の活動を見ることでいくらでも観察できる」

解説を再開しつつ、ファウが指先でちょいちょいとそれの首の辺りを撫でる。彼女にそうされて心地よいのか、男の首に巻き付いたまま、亜霊体生命は微かに発光の増減を繰り返す。

「そして、ふたつめの違い。……幽霊と違って、この子はこのままでも自我が薄れていったり怨霊化したりしない。それどころか学習して成長までする。肉体を持つ私たちの霊体と同じくらい安定しているんだ。この子を構成する素材は物質と霊質の両方の性質を併せ持っている。

これで完成された生き物なんだよ」

「……不老不死、というわけではないのだったな」

「うん。亜霊体も色んな要因で損なわれていくし、何よりこの子の魂は水子の一体から引き継いだ人間のそれだからね。二百年から先の縛りは私たちと変わらないよ」

少し寂しげにファウが言い、それから静かにリヴァーモアへ顔を向ける。

「この子が君にとって……いや、この時代の魔法使い全員にとって貴重な研究対象だってことは分かってる。でも、出来ることなら大切にしてあげて欲しい。なんなら君と私の子供だと思ってさ」

「笑えん冗談だ。……が、研究対象として長く役立てる上でも、どのみち心身の健康には細心の注意を払ってやらねばならん。その点に関しての懸念は無用だ」

素っ気ない口調のまま、その中に出来る限りの誠意を込めてリヴァーモアは頷く。彼の返事を聞き届けたファウが、ふいに全身からふっと力を抜く。

「そっか。じゃあ――これで本当に、私の仕事は終わりだね」

リヴァーモアが重く沈黙した。何かしら労いの言葉を口に出そうとするのに、喉が凍り付いたように動かない。良くやったと、御苦労だったと――彼女にそう言ってしまえば、本当に全てが終わってしまうから。

その苦悩を知った上で。彼の代わりにそれを振り切り、ファウはそっと切り出す。

「ごめんね、サイラス。……最後の仕事、任せてもいいかな？」

「勢イイイイイッ！」

大胆な踏み込みで大鎌の一撃を掻い潜り、ナナオが気勢と共に刃を斬り上げる。一瞬の気の緩みも許されない極度の緊張の中、六人と死神の戦いは続いていた。

「はぁ、はぁ……！　う、動きは、読めるんだけど――さすがに、体のほうが……！」

ナナオと入れ替わりで前へ踏み出し、命刈る者の注意を自分に寄せながらユーリィが呟く。――相手の動きが読める彼に加えてナナオ、オリバー、ティムが交代で前衛を受け持つことで、死神の形態変化を最低限に留めながら、彼らはどうにかここまで戦い続けてきた。危うい場面は何度もあったが、その度にグウィンとシャノンが的確な助けを挟んで凌いでいる。

「……ッ……！」

だが、それにも限界が迫っていることをオリバーは感じていた。この戦い方だとユーリィの消耗が突出して激しいのだ。少年が内心で覚悟を決める。限界を迎える前に彼を下がらせ、自分がその分のリスクを引き受けなければ、

「――む⁉」

が、その瞬間、凶兆を肌に感じたナナオが背後を振り向く。続けて他の五人もそちらへ視線

をやり、そこで同時に目にした。——離れた位置の空間に滲み出しつつある黒々とした染み。即ち、今必死に戦っているものと全く同質のそれを。

「……嘘だろおい。ここに来て二体目かよ——」

ティムの顔が引きつる。——命刈る者の出現には一定のルールがある。原則は二百歳を迎えたその日の魔法使いに対して一夜に一体が現れ、それから五十年が経過するごとに一体ずつ増えていく。ファウの事例は少々特殊だが、彼女が「棺」に入ってから蘇生するまでの時間を年齢に数えるとすれば、死神の出現数が一体で済むはずはない。でなくとも、他の魔法使いが助けに入れば命刈る者の出現数も比例して増えるのだ。

今まで相手が一体で済んでいたのはリヴァーモアが絶界で締め出していたからであり、その綻びから二体目が侵入してくる可能性は最初からあった。……だが、想定出来たところで、それが起こらないことを願う他になかった。その実現はそのまま詰みを意味するのだから。

「——あ——」

体力の消耗に加えて、二体目の出現に気を取られたユーリィの足取りが一瞬滞る。そのタイミングで目の前の命刈る者が大鎌を振りかぶった。回避も防御も間に合わないと本人が悟る。

「ユーリィ！」

オリバーが迷わず地を蹴った。近くで仲間の限界を見極めていた彼にのみそれは可能だった。彼が突き飛ばしたユーリィの体が間一髪で死神の一撃から逃れ、その瞬間に命刈る者の狙いが

オリバーへと移る。返す刃で薙ぎ払われた大鎌が容赦なく彼に迫り、

「――遅くなってしまったね」

首筋の手前で、その刃がぴたりと止まる。忽然と死地に響いた、穏やかな少女の声によって。

六人の目と二体の死神たちの注意が、一斉に声の方角を向く。小高い丘の上に建つ庵。その正面の扉の前に、魔人を背後に伴って、ファウが悠然と立っていた。

「ありがとう、サイラスの学友たち。……正直、ここまで時間が貰えるとは思ってもみなかった。その強さと心意気に、死霊王朝の民を代表して心から敬意を表すよ」

スカートの布を指でつまんで、彼女は恭しくそう述べる。そんな少女を目指して二体の命刈る者が一斉に動き出した。他は邪魔者に過ぎず、それらの狙いは最初からファウひとりのみ。迫る死神を前に、少女がふっと微笑む。

「ご立腹だね、死の御使い。君たちの役目からすればそれも当然だろう。……けれど、安心したまえ。これ以上の手間は掛けさせない」

ファウが両腕を左右に開く。これまで拒んできた運命を、そこへ粛々と受け入れるように。

「やり残しはなくなった。――長い死人の悪足掻きも、これでおしまいさ」

そう告げた少女の胸を――男の杖剣の刃が、背後から一息に貫いた。

オリバーたちが息を呑んで見守る中、ファウの心臓が静かにその鼓動を止める。同時に、彼女へ迫っていた二体の命刈る者も丘の半ばで停止し――これまでの戦いが嘘のように、その場

で跡形もなく霧散した。……それらが現れるべき理由は、たった今なくなったから。

「——あぁ——」

そうして初めて、ファウは丘の上からの光景を見渡す。……使命と状況に気を取られて、今まではその余裕がなかった。だから、この時になってようやく気付く。——自分たちのいる場所が、静かな夜の海の只中に浮かぶ島であることに。

「——そうか。海だったんだね、ここは」

そう呟くと同時に、胸を貫いていた杖剣が引き抜かれた。くたりと力を失って崩れ落ちるファウをリヴァーモアが両腕で抱き止め、その懐から飛び出した亜霊体生命がふたりに纏わりつく。さながら子が親を気遣うように。

リヴァーモアに抱えられたまま、死にゆく体にほんのわずか残された力で腕を動かし——ファウは海岸の一か所を指さす。

「サイラス、あそこ。あそこに、連れてって」

「ああ」

リヴァーモアが頷く。同時にその足元の地面から蛇竜骨が現れ、背中にふたりを載せて地上を進み始めた。立ち尽くすオリバーたちの前を通り過ぎて、緩やかな坂を下っていき、彼らはほどなく海沿いの砂浜へと辿り着く。月明かりはなく、しかし不思議と仄明るいその場所で、ファウはか細く感嘆の息を吐く。

「すごいや、ちゃんと貝殻もある。……ふふ、波も穏やかで……綺麗だなぁ」

「海岸の散歩には、昔さんざん付き合わされたな」

少女を抱えて砂浜に降り立ち、懐かしむ声で男が語る。……どう足掻いてもファウの完全な蘇生は叶わず、現実の海へ彼女を連れて行くことは出来ない。そう悟った時から決めていた。せめてこの場所では、彼女に海を見せようと。

時が静かに流れる。かすかな潮騒だけが優しく響く中、ゆっくりとまぶたを閉じながら、ファウがぽつりと口を開く。

「……ありがとう、サイラス。……約束……守って、くれて──」

最後に許されたひと呼吸を、感謝を告げるその言葉に使って──彼女は息を引き取った。

世界が、崩れる。夜空が硝子のように砕け落ち、その崩壊は速やかに海を呑み込んで、ついにはオリバーたちが立つ島へと到達する。白い光の波濤が彼らの視界を覆い、眩しさに目を細めた次の瞬間──気付けば、彼らはもう、冷たい石造りの大部屋に立っていた。

互いの位置関係は儀式を始めた時のまま。白骨に戻った小さな亡骸を抱えて佇む男の背中を、オリバーはじっと見つめる。

「……リヴァーモア先輩」

「持っていけ」

短く言ったリヴァーモアが、背中越しに小さな何かを投げ渡す。とっさに受け取ったオリバ

ーが手の中を見下ろすと、そこには人骨の一片がある。儀式のためにサイズこそ調整してあるが、それがゴッドフレイの胸骨だということはすぐに分かった。

「それさえあれば、後は校医が勝手に治すだろう。……大きな借りが出来たことは忘れん。だから——お前たちはもう、行け」

　彼らに背中を向けたままリヴァーモアが告げる。同時に、目的の達成を見て取ったティムが無言で後輩たちに撤退を促す。他の五人が次々と踵を返して立ち去る中、オリバーもその後に続こうとし、

「——最期に！」

　途中で、一度だけ足を止めて声を上げる。……かける言葉などありはしない。だが、彼の記憶の断片を追憶し、ここまでの一部始終を見届けた者の代表として——ただひとつだけ。

「……最期の瞬間に、彼女が微笑っていたのなら。あなたはきっと、後悔すべきじゃないんだ」

　揺るがぬ声でオリバーは告げ、そして今度こそ墓所を後にする。男は何も言わず、ただ静かに、背中でその言葉を受け止めた。

〈了〉

あとがき

こんにちは、宇野朴人です。……悠久の時を越えてひとつの使命が果たされ、これにて死霊の王国での戦いは決着となります。

無数の死を蒐集し続けた魔人がその結果に得たものは、世界の理から半歩外れた奇妙な命。死の御使いを出し抜いて古代の魔法使いから渡されたそれが、いったい現在にどのような影響を及ぼすのか。

少年たちの目的も無事果たされ、彼らの戦いの場は再び校舎へと戻ります。そこには前の試合に輪を掛けた強敵が待つことでしょう。どの学年も、勝ち残っているのはすでに強者の中の強者ばかりです。

一方、今回の冒険で、探偵は多くの情報を手にしました。本人すら意識しないまま、彼の足取りは思いも寄らぬ角度から真実へ迫りつつあります。その歩みの行き着く先で、彼は何を目にすることになるのか。

かくして三年目は折り返しに入ります。が、どうか油断なされませぬよう。祭りの熱狂も、その裏での暗闘も、本番はむしろこれからなのですから。

◉宇野朴人著作リスト

「神と奴隷の誕生構文(シンタックス)Ⅰ〜Ⅲ」(電撃文庫)
「ねじ巻き精霊戦記　天鏡のアルデラミンⅠ〜ⅩⅣ」(同)
「七つの魔剣が支配するⅠ〜Ⅷ」(同)
「スメラギガタリ壱・弐」(メディアワークス文庫)

本書に対するご意見、ご感想をお寄せください。

ファンレターあて先
〒 102-8177　東京都千代田区富士見 2-13-3
電撃文庫編集部
「宇野朴人先生」係
「ミユキルリア先生」係

本書は書き下ろしです。

ラテン語翻訳協力／金澤修

電撃文庫

七つの魔剣が支配するⅧ

宇野朴人

2021年9月10日　初版発行

発行者　青柳昌行
発行　株式会社KADOKAWA
〒102-8177　東京都千代田区富士見2-13-3
0570-002-301（ナビダイヤル）
装丁者　荻窪裕司（META＋MANIERA）
印刷　株式会社暁印刷
製本　株式会社暁印刷

●お問い合わせ
https://www.kadokawa.co.jp/（「お問い合わせ」へお進みください）
※内容によっては、お答えできない場合があります。
※サポートは日本国内のみとさせていただきます。
※ Japanese text only

※定価はカバーに表示してあります。

ISBN978-4-04-913934-1　C0193　Printed in Japan

電撃文庫　https://dengekibunko.jp/

電撃文庫創刊に際して

文庫は、我が国にとどまらず、世界の書籍の流れのなかで〝小さな巨人〟としての地位を築いてきた。古今東西の名著を、廉価で手に入りやすい形で提供してきたからこそ、人は文庫を自分の師として、また青春の想い出として、語りついできたのである。

その源を、文化的にはドイツのレクラム文庫に求めるにせよ、規模の上でイギリスのペンギンブックスに求めるにせよ、いま文庫は知識人の層の多様化に従って、ますますその意義を大きくしていると言ってよい。

文庫出版の意味するものは、激動の現代のみならず将来にわたって、大きくなることはあっても、小さくなることはないだろう。

「電撃文庫」は、そのように多様化した対象に応え、歴史に耐えうる作品を収録するのはもちろん、新しい世紀を迎えるにあたって、既成の枠をこえる新鮮で強烈なアイ・オープナーたりたい。

その特異さ故に、この存在は、かつて文庫がはじめて出版世界に登場したときと、同じ戸惑いを読書人に与えるかもしれない。

しかし、〈Changing Times,Changing Publishing〉時代は変わって、出版も変わる。時を重ねるなかで、精神の糧として、心の一隅を占めるものとして、次なる文化の担い手の若者たちに確かな評価を得られると信じて、ここに「電撃文庫」を出版する。

1993年6月10日
角川歴彦

七つの魔剣が支配する
VIII
宇野朴人
illustration ミユキルリア

「強敵と戦う場合のレッスン1。
――仕掛ける前に必ず、
新手が介入してくる可能性を予想しろ」
レセディ＝イングウェ
Recedy=Ingwe